내 눈이
되어줘

내 눈이
되어줘

파스칼 뤼테르 지음

강미란 옮김

우리나비

마리

단정, 깔끔,
똑똑한 첼리스트

빅토르

말장난의 제왕.
자칭 록 스타, 로맨틱 제왕

아이쌈

그야말로 천재. 세상만사를
체스와 비교하는 능력자

아이쌈네 아빠

학교 수위 아저씨.
내로라하는 요리사. 천재 아들을
존중하고 고향의 전통을 계승하려고 노력

빅토르네 아빠

자동차 '파나르 르바소'의 제왕.
감수성이 무척 풍만

럭키 루크

사이클계의 달타냥.
올림픽에 나가도 될 뻔

반 고흐

고약한 성질로 결국 자기 자신이
피해를 입고 마는 좀 안된 친구

에티엔과 마르셀

센 척하지만 알고 보면
무척 여린 친구들

제 1 장

따르르르릉 알람이 울리더니 곧 계단을 올라오는 아빠의 발소리가 들렸다. 곧 방문을 열어젖히며 들어오는 아빠.

- 얼른 일어나! 드디어 오늘이다, 오늘!

나는 꼼짝도 하지 않았다. 그러자 아빠는 침대에 누워 있는 내 몸을 흔들어대며 말한다.

- 빨리 일어나라니까, 이러다 늦겠어!

그러고 나서 아빠는 백만 볼트 에너지 넘치는 발걸음으로 계단을 내려간다. 아, 오늘이 개학이면 어쩌리, 아니면 또 어쩌리! 기나긴 여름 방학을 지내는 동안 아침에 일찍 일어날 수도 있다는 걸 아주 까맣게 잊어버렸다. 머릿속이 희뿌연 안개로 그득한 느낌이다.

달그락달그락 부엌에서는 아침 식사 준비가 요란스럽다. 익숙한 그 소리에 나는 또 스르륵 잠이 들려…고 하던 바로 그 순간.

─야! 안 일어나?

앗, 깜짝이야! 결국 나는 발 한쪽을 조심히 바닥에 대어 보기로 했다. 수영장에 들어가기 전에 물이 차가운지 안 차가운지 시험해보는 것처럼 조심조심. 물론 눈은 계속 감은 채로 뭐입을 만한 것이 있나 대강 찾아봤다. 누가 볼 것도 아닌데 아무거나 입자. 계단을 내려가는 내 몸이 물에 젖은 솜처럼 무겁기만 했다.

아빠는 핫초코를 데우고 있었다. 향기롭고 포근한 냄새 덕분에 머릿속 가득하던 안개가 조금씩 걷히는 느낌이었다.

─오늘이 바로 개학 날이다… 준비는 철저히 다 됐겠지?

핫초코를 마시는데 아빠가 물어봤다. 추켜올린 아빠의 눈썹은 마치 갈매기가 날아가는 모습이다. 자꾸 손을 만지작거리는 것이 뭔가 중요한 메시지라도 날리려는 눈치였다. 나는 짐짓 심각한 표정을 지으며 대답했다.

─응, 뭐 대충… 된 것 같기도 하고.

아빠는 그릇 몇 개를 씻어서 정리하더니 다시 자러 올라가며 말했다.

─코에 초콜릿 묻었다. 세수는 하고 가라. 단정한 모습, 이게

얼마나 중요한지 알지?

거실로 가서 편안히 앉고 보니 이제야 겨우 해가 뜨는 것이 보였다. 그래도 마당은 벌써 환했다. 아니, 저건 낙엽? 벌써 낙엽이 지기 시작하다니, 꼭 바닥에서 말라비틀어진 나비 같았다. 시간은 점점 흐르고 드디어 학교에 가야 할 시간. 자, 이제 가서 가방이나 좀 챙겨 올까? 작년에 썼던 가방이 뭔가 작고 쪼그라든 느낌이다.

올해라고 뭐 대단한 게 있겠어? 하고 소신껏 생각해봤다. 저 가방 안에 담긴 것들 때문에 쫄지 말자. 지식의 올가미 따위에 걸려들어 무서워할 필요는 없다…고 생각하며 가방을 뒤져보니 꾸깃꾸깃한 종이 한 장이 손에 들어왔다. 아, 개학 전 준비물 목록이로구나. 입술을 깨물며 생각해봤다. 이게 왜 아직도 여기에? 아, 여름 방학 전에 받은 준비물 목록인데 아빠한테 주는 걸 깜빡한 것이구나. 그런데 가만 보자… 아빠는 왜 나한테 안 물어봤지? 개학 준비물 목록을 달라고 왜 말을 안 했지? 나는 까먹었다고 치자, 아빠는 기억해야 했던 것 아닐까? 우리는 한 팀인데, 한 사람이 잊으면 다른 한 사람은 기억해야 하는 것 아냐?

어랏, 이건 또 뭐람. 마구 구겨진 시험지도 보였다. 20점 만점에 3점이라… 나는 가방을 툭툭 털었다. 뭔가 새로운 마음으로 다시 시작한다는 기분, 아! 희망차다. 가방도 마음도 훨씬 가벼워진 느낌이었다.

학교에 도착하자 이미 와 있는 학생들로 가득했다. 친구 아이쌈의 아버지가 일하시는 수위실 앞을 지나가 보았다. 하지만 아무도 없었다. 결국 다른 친구들도 만날 겸, 개학식 준비도 할 겸 운동장으로 향했다. 조금 있자 교장 선생님이 학생들 이름을 부르기 시작했다. 쌍둥이 형제인 에티엔과 마르셀이 보였다. 쌍둥이 형제는 나에게 정말 유감이라는 표정을 지었다. 그렇다, 올해 우리는 같은 반에 배정받지 못했다. 처음 있는 일이었다…

그나저나 아이쌈은 대체 어디에 있는 건가… 하는데 누군가 내 어깨에 손을 올렸다. 굳이 돌아볼 필요도 없다, 누구의 손길인지 단박에 알아챘기 때문이다.

- 헤이, 브로! 리스펙트! 야, 설마 우리 다른 반은 아니겠지?
- 그런 걱정은 넣어두시게.

결국 나는 내 친구 아이쌈을 향해 고개를 돌렸다. 정말 보고 싶었던 친구의 얼굴. 아… 이놈… 살이 더 쪘다.

갈색 뿔테 안경 너머로 보이는 아이쌈의 눈은 웃고 있었다. 그는 마치 세상만사 다 겪어 놀랄 것 없다는 듯 평온하고 잔잔한 모습이었다. 그때 아이쌈이 내 옆구리를 툭 쳤다.

—빅토르! 빅토르는 벌써부터 결석이야?

교장 선생님이 마이크에 대고 고래고래 내 이름을 부르고 있던 것이다.

괜히 반항아처럼 굴 때가 아니었다. 정말 무슨 일이 있어도 학년 초부터 남들의 시선을 끌고 싶지 않았다. 나는 잠시 숨을 고르고 대답했다.

—아니요, 저 여기 있는데요!

그러고 나서는 얼른 우리 반 줄에 가서 섰다. 얼마 후 아이쌤도 우리 반 줄에 와서 섰다. 걱정은 넣어두라더니, 정말 넣어둬도 되게 생겼다. 아이쌤 말고는 우리 반 애들 중 아는 애가 없었다. 차라리 잘된 일일지도 몰랐다. 익명의 삶이라 했던가, 그런 걸 좀 즐겨볼 수 있게 되었으니 말이다.

교실에 들어와 자리에 앉자 담임이 설문지를 주며 작성하라고 했다. 아이쌤은 늘 그렇듯 교실 맨 뒷자리 구석에 가서 앉았다. 올해는 뭔가 달라질 거라는 희망을 가져봤지만 아니었다. 아이쌤은 변하지 않았다. 올해도 역시 맨 뒷자리를 고집하고 있다. 아이쌤은 교실 뒷자리 구석에 앉는 것이 자신에게는 얼마나 중요한지 모른다고 했었다. 수업을 들을 때 아이쌤은 몰입의 극으로 치닫는다고 했다. 하지만 남이 보기에는 조는 것처럼 보일 뿐이었다. 물론 나는 안다. 자는 것처럼 보이지만 몰입의 절정을 경험하고 있다는 사실을! 불행히도 그걸 모르는 선생님들은 학기초만 되면 아이쌈이 수업 시간에 조는 줄로 착각하곤 했다.

오전 수업이 끝나고 운동장에서 다시 만난 나와 아이쌈은 천천히, 아주 천천히 수위실 쪽으로 걸어갔다. 아이쌈은 항상 천천히 걸었다. 참, 나는 아이쌈을 '리스펙트'라고 부른다. 왜냐, 아이쌈이 자기 자신을 늘 그렇게 소개하기 때문이다.

– 난 아이쌈이라고 해, 리스펙트가 필요한 이집트 이름이기도 하지.

아이쌈의 아버지이자 우리 학교의 수위 아저씨는 체스판을 두고 우리를 기다리고 있었다. 체스판 옆에는 젤리가 가득 쌓여 있었다.

나는 두 사람이 체스 두는 것을 지켜보면서 꾸역꾸역 젤리를 먹었다. 그러는 동안 학생들은 하나둘씩 학교를 떠나기 시작했다. 아이쌈은 뭔지 모르게 우아하면서도 쇼맨십 가득한 손짓을 하며 아주 천천히 체스를 두었다. 아이쌈은 참 알다가도 모를 친구다. 아버지는 저렇게 말랐는데 아이쌈은 왜 저렇게 뚱뚱할까? 아버지는 터키 출신인데 왜 아이쌈은 이집트 이름을 갖고 있는 걸까? 그리고 왜 아이쌈은 유대인 안식일을 지키는 것일까? 터키에서나 이집트에서나 그리 흔치는 않을 것 같은데 말이다. 아이쌤은 참 신비롭고도 이해하기 어려운 친구였다. 그래서 나는 젤리를 먹으며 아이쌤이 체스 두는 모습을 그저 조용히 지켜만 봤다. 결국 젤리 몇 개를 주머니에 담고 집으로 향하기로 했다. 나는 맨 마지막으로 학교를 떠나는 게 좋았다. 물론 등교 시도 마찬가지다. 되도록이면 맨 마지막에…

★ ★ ★

- 오늘 어땠어?

자동차 엔진 기름때가 가득한 작업복을 벗으며 아빠가 물었다.

- 설마 첫날부터 눈에 띄는 행동을 한 건 아니겠지?

- 아니… 아직은…

아빠는 뭔가 못 미덥다는 듯 미간을 찌푸렸다. 작년 말, 아빠는 몇몇 학교 선생님들과 특히 학생주임인 '전설의 무법자 럭키 루크'에게 약속을 해야 했다. 내가 또 딴짓을 하지 않도록 철저히 감시하겠다고 말이다. 그 일이 있은 후, 아빠는 기가 죽은 나에게 용기를 북돋아 주기 위해 책도 한 권 사 줬다. 바로 알렉상드르 뒤마의 〈삼총사〉였다.

아빠에게 물었다.

- 아빠…

- 응?

- 알렉상드르 뒤마 씨가 〈삼총사〉를 쓰는 데 시간이 얼마나 걸렸는지 알아?

- 글쎄…

- 일 년?

- 아마도… 아니, 더 걸리지 않았을까?

- 그럼 삼 년? 삼총사니까, 한 명당 일 년이 걸린 거지…

- 그럴 수도 있겠구나.

- 참, 아빠…

아빠는 수리 중이던 파나르 르바소의 앞자리에 앉아 있었다. 파나르 르바소… 이제는 단종된 옛날 차.

- 응? 잠깐, 한숨 돌릴까? 심각한 얘기야? 아니면, 뭐 이상한 질문 하려는 건 아니지?

- 아니, 그냥… 아빠는 학교 다닐 때 공부 잘했어?

아빠의 표정이 굉장히 여유로워 보였다. 그러더니 멍하니 미소를 지었다. 한 손으로는 턱을 만지작거리며 옛 기억을 소환하는 듯 보였다. 과거에 있었던 일을 어디 깊숙한 곳에서 찾기라도 하는 듯이.

- 물론 잘했지!

14

- 어떤 과목을 특히 잘했는데?

　- 다 잘했어, 아빠는.

　아빠는 알쏭달쏭한 미소를 지었다. 자동차의 전면 유리 때문에 아빠의 얼굴이 조금 일그러져 보였다. 아빠의 미소는 뭔가 자랑스러워하는 것 같으면서도, 짠하면서도, 조금은 슬픈 그런 미소였다.

　어쨌든 나는 아빠의 말을 백 퍼센트 믿을 수가 없었다. 〈삼총사〉와 알렉상드르 뒤마에 관해서는 내일 아이쌤에게 물어보는 편이 나을 것 같았다. 나는 물을 한 잔 마시고 지붕 아래 있는 내 방으로 올라갔다. 가방을 풀고 올해 쓸 교과서를 정리했다. 이번 주 시간표도 벽에 붙였다. 공책에 각 과목명과 담당 선생님 이름도 적었다. 그러는 데 시간은 조금 걸렸지만 뭔가 새로운 마음으로 대단한 일을 한 것 같아 뿌듯했다. 내 학습 태도가 이렇게 달라지다니! 어떻게 공부를 하느냐 하는 학습 태도와 학습법은 정말 입에 침이 마르도록 강조해도 모자랄 정도로 중요하다.

　저녁 때가 되어 아래층으로 내려간 나는 아빠에게 아이쌤이 말해준 대로 이집트식 밥을 지어 먹으면 어떻겠냐고 물었다. 그리고 밥을 먹는 동안 아빠는 아주 심각한 표정으로 내게 물었다.

－그래, 새로운 선생님들은 어때? 맘에 드니?

아빠는 궁금한 거다, 과연 내 아들이 올 학기 첫 단추를 제대로 끼웠는가! 나는 그렇다고 고개를 격렬히 끄덕였다.

－그래, 그래! 학기 초가 정말 중요하지. 모든 게 처음 어떻게 시작하느냐에 달려 있어. 너무 격하지는 않게, 하지만 맹렬하게 달려드는 거야. 물론 처음에 너무 에너지를 써서 금새 방전되는 일은 없어야 하겠지.

아빠는 아주 장렬한 표정을 지으며 내 어깨에 손을 올렸다. 그런 아빠의 손길을 느끼니 뭔가 안심이 되었다. 식사를 마친 아빠와 나는 항상 그렇듯 소파에 앉아 자동차 메커니즘에 관한 이야기를 나눴다.

잠이 들기 전… 벽에 붙여놓은 시간표로 눈이 갔다. 아, 갑자기 맥이 빠졌다. 침대 옆에는 알렉상드르 뒤마 씨의 〈삼총사〉가 놓여 있었다. 아마 알렉상드르 뒤마 씨가 이 책을 쓰는 데 걸린 시간보다 내가 이 책을 읽는 데 보낼 시간이 훨씬 길 것으로 조심히 예상해봤다. 어쨌든 나는 〈삼총사〉를 펼쳤다. 벌써 4페이지까지 읽다니! 처음치고는 굉장한 선전이었다! 하지만 나는 얼른 책을 다시 덮어버렸다. 처음에 에너지를 너무 써버려서 방전되는 일이 벌어지면 어쩌려고…

$$x - 2(4x+1) = 4(2-x)+2$$

올해 만난 첫 문제… 올해의 첫 왓더…

작년의 기억을 한참 더듬어봤다. 하지만 아무런 기억도 나지 않았다. 아이쌤을 보니 이놈 이놈… 벌써 문제를 다 풀고 연필을 놓는 것이 아닌가. 나는 혹시나 아이쌤이 이 문제의 답을 모르는 건 아닐까 생각해봤다. 하지만 그럴 리가 없었다. 뇌에 터보 엔진이 달린 아이쌤은 이미 문제를 다 풀고도 남았다. 나는 세상 다시 없을 불쌍한 표정으로 아이쌤을 쳐다봤다. 그러자 아이쌤은 책상 옆으로 손을 슬쩍 들었다 놓는다. 이게 바로 아이쌤이 나에게 보내는 응원의 메시지 같은 것이다. '걱정마. 이 또한 지나갈 거야… 문제가 생기긴 하겠지만, 어쩌겠니,

그 또한 다 지나갈 거야.'라는 식의 소중한 응원의 한마디. 나는 정말 걱정스러웠다. 도대체 아는 게 뭐냐… 이 무식은 대체 어쩔 거냐.

갑자기 눈에 눈물이 고였다. 아빠 생각이 났다. 아빠 세대에서는 대단히 유행했을 알렉상드르 뒤마 씨의 〈삼총사〉를 나에게 건넨 아빠. 전설의 무법자 럭키 루크에게 온통 혼이 난 후, 나를 잘 감시하겠노라고 고개까지 숙여 약속해야 했던 아빠… 그런데 나는 뭔가. 올해 만난 첫 수학 문제에 완전 KO를 당하고 말았다!

개학한 지 2주째, 모든 것이 더 복잡해지고 말았다. 모든 일은 항상 복잡해지기 마련이다, 이것이 내가 깨달은 인생의 진리다. 역사지리 선생님은 나에게 숙제를 돌려주며 노발대발 말도 아니었다. '니스'에 대한 문제가 숙제였는데, 나는 거기에 이렇게 대답했을 뿐이다. '니스에는 눈이 많이 내리며 간조 현상이 많이 일어난다.' 난 도대체 뭐가 문제인지 모르겠다. 하지만 이렇게 대답을 한 사람은 우리 반에 나밖에 없는 듯했다. 반 학생들이 낄낄대고 웃기 시작했다. 늘 끼리끼리 몰려다니는 여자애들 그룹도 호호호거리며 웃어댔다. 망할… 저 여자애들은 방귀를 뀌어도 냄새가 안 날 애들이다. 하다 못해 아이쌤도 씨익 미소를 지었다. 하지만 아이쌤은 나를 놀리려는 게 아니고 나를 응원해주기 위해 미소를 짓는 것이었다. 어쨌든 니스의 날씨에 관한 숙제를 제대로 할 수 없었던 데에는 다 이유가 있으니 괜찮았다. 아빠랑 같이 파나르 르바소를 고치느라 날씨에 대해 공부할 시간이 없었던 것이다.

쉬는 시간. 나는 고민에 빠졌다. 이 망할 놈의 역사지리 숙제를 아빠에게 어떻게 보여주지? 뭐라고 변명을 하지? 나는 고민에 빠져 있는데 우리 반 여자애들은 나를 놀려대기 시작했다. 하늘을 보며 말했다. '아… 눈이 언제 오려나!' 그러더니 또 호호호거리면서 웃는다. 아이쌈도 보이지 않았다. 아, 과연 누가 나를 위로해줄 것이냐!

교장 선생님께 불려올 아빠의 모습이 벌써 눈에 선했다. 거기에 럭키 루크까지 나서서 아빠한테 잔소리를 해대겠지. 그것만은 무슨 일이 있어도 막아야 했다. 마침 알렉상드르 뒤마 씨가 생각났다. 그는 알지도 못하는 우리를 위해 그 수많은 시간을 투자해 재미있는 소설을 썼을 뿐만 아니라, 그 소설을 통해 우리에게 많은 역사적 사실을 알려주셨다. 그래, 오늘 저녁에는 〈삼총사〉를 읽어야겠다, 적어도 20쪽은 읽는 거다. 아니, 15쪽으로 할까? 한 번에 너무 많은 에너지를 쏟는 건 피해야 하니까.

수업 시작 종이 울렸다. 나는 반 애들 뒤에 가서 줄을 섰다. 그렇게 우리는 체육 선생님이 나타나기를 기다렸다. 나는 아빠가 어렸을 때 공부를 얼마나 잘했는지, 얼마나 우수한 학생이었는지 생각했다. 그러면 왠지 힘이 날 것 같았기 때문이다. 이번 시간은 체육 시간, 운동을 하고 나면 파이팅이 넘치고 학교 생활을 다시 열심히 할 수 있을 것이다.

30분 후, 니스 날씨를 공부했던 역사지리 수업이나 체육 시간이나 다를 바가 없다는 걸 깨달았다. 둘 다 나와는 맞지 않았다… 그리고 결국 또 전설의 무법자에게 불려 왔다. 럭키 루크는 두 다리를 어깨너비 정도 벌리고 서 있었다. 마치 일대일 총싸움이라도 하려는 듯. 아, 저러다 갑자기 손가락으로 내 눈을 파파팍 찌르는 건 아니겠지?

- 선생님이 분명 확실히 말한 걸로 알고 있는데… 안 그러냐? 그리고 너! 너도 이제 새 마음 새 뜻으로 학교 생활에 임할 거라고 하지 않았어?

- 아, 예… 그게 그러니까…

- 그게 그러니까 뭐? 뭐 또!

- 아 그게요, 새 마음 새 뜻으로 학교 생활에 임하려고 했는데요, 그게 말이 쉽지…

- 자, 그러니까… 정리를 좀 해보자면… 체육 선생님이 너희들한테 줄을 서서 기다리라고 했다. 맞나?

- 네. 체육관 열쇠를 가져오겠다고 했어요.

- 그런데 넌 조용히 줄을 서서 기다리는 대신에 또 내 눈에 띌 행동을 했다 이거지… 뭘 했는지 네 입으로 직접 말해본다, 실시.

나는 턱을 어루만지며 생각했다. 이런 상황에서 삼총사들은 어떻게 행동했을까…

- 다 말해요?

- 응, 다 말해라…

- 저 놀리려고 그러시는 거예요 아니면…

- 그냥 조용히 할래 아니면 아버지를 부를까?

럭키 루크가 갑자기 수화기를 들며 전화번호부를 뒤지는 척 했다. 나는 패닉 상태에 빠질 수밖에 없었다. 요망한 전설의 무법자 같으니라고! 내가 가장 무서워하는 게 뭔지 알아버렸다. 나를 어떻게 대해야 할지 알아버린 것이다!

- 애들이 줄을 섰고 저는 이렇게 말했습니다. '이젠 뭐 하나… 서로 애무라도 해야 하나?'

럭키 루크는 말문이 막혔는지 아무 말이 없었다. 뭔가 말을 하고 싶은데 말이 안 나온다고 해야 하나?

- 널 정말 어떡하면 좋냐. 답이 없다, 답이! 빅토르, 너 도대체 왜 그러는 거냐?

- 그게 그러니까…

-아빠한테 자랑스러운 아들이 되고 싶지 않은가?

럭키 루크의 말에 갑자기 신문 기사 하나가 떠올랐다. 원래는 기름때 묻은 아빠의 공구를 싸두기 위해 찢어놓은 신문이었는데 그때 봐둔 게 기억이 났다.

- 참, 선생님… 갑자기 다른 말을 해서 죄송하긴 한데… 일요일 경기 정말 멋있으셨습니다! 하마터면 잡힐 뻔했는데 그래도 샘이 1등으로 들어오셨잖아요!

하하하! 럭키 루크, 감동했다. 그렇다, 럭키 루크는 우리 지역에서 꽤 잘나가는 아마추어 사이클 선수였던 것이다. 그는 시간이 날 때마다 경주에 참여하곤 했다. 그렇게 자전거를 오래 타려면 궁둥이가 상당히 아플 텐데… 하는 생각이 들자 피식 웃음이 났다. 어쨌든 아빠의 공구를 싸는 지역 신문지에 나온 기사가 그것이었다. 지난 일요일, 무슨 사이클 대회가 있었는데 거기서 럭키 루크가 1등을 먹었다는 내용이었다.

- 경기에 왔었나?

- 아, 당연하죠! 그런 스펙터클한 결승전은 처음이었습니다!

나는 신문 기사에 어떤 얘기가 적혀 있었나 애써 기억을 더듬으며 말했다.

- 프랑스 전국 대회에서도 보지 못했던 장면이었어요.

럭키 루크가 나를 빤히 쳐다봤다. 뭔가 미심쩍다는 표정이었다.

- 어쨌든 이번 일은 넘어가도록 하겠다. 하지만 다시는 이런 일이 일어나지 않도록 주의할 것! 안 그러면 바로 아버지한테 전화한다. 알겠나?

★ ★ ★

나는 집까지 걸어가기로 했다. 쭉 늘어선 나무들 뒤로 해가 뉘엿뉘엿 지고 있었다. 우리 동네에 다다랐을 때 나와 같은 반인 마리가 저 멀리 보였다. 나를 보고는 모른 척 피할 줄 알았는데, 웬걸… 가던 길을 멈추고 나에게 손을 흔드는 것이 아닌가! 아, 이럴 땐 어떻게 해야 하나! 마리가 나에게 물었다.

- 어때? 오늘 눈 올 것 같니?

- 뭐야, 나 놀리는 거냐, 지금? 사람이 다 실수도 하고 그러는 법이지. 넌 그런 적 없어?

마리는 정말 나의 질문에 대해 곰곰이 생각하는 듯했다. 그러더니 대답하길.

- 아니, 난 그런 적 없는데.

마리는 이렇게 대답하면서 조금은 난처한 표정이었다.

- 이게 다 우리 아빠 차 때문에 그런 거야. 넌 말해도 몰라.

- 말해봐, 내가 아는지 모르는지 보게.

잠시 동안 우리 둘은 아무 말도 하지 않았다. 그러자 내 머릿속이 온통 복잡해졌다. 나는 몰래 마리를 쳐다봤다. 저녁 햇빛을 받은 마리의 머리카락이 간혹 주황빛으로 물들었다. 멋지게 웨이브가 진 머리, 사방으로 날리는 머리 때문에 마리의 얼굴 한쪽이 잘 보이지 않았다. 마리는 인형처럼 예쁘고 깨끗했다. 난 샤워를 안 한 지가 벌써 삼 일이 넘은 것 같은데 말이다. 오늘 저녁에는 빡빡 깨끗이 닦아야 싶었다. 니스의 날씨에 대한 에피소드는 정말 창피한 일이었다. 정말 자존심 상해서 미쳐버리겠다. 이번 기회에 좀 만회를 해보는 건 어떨까. 뭔가 마리가 놀랄 만한 그런 얘기를 해야 할 텐데… 하는 순간 좋은 생각이 떠올랐다!

- 너… 알렉상드르 뒤마 씨라고 아냐?

- 아버지 아니면 아들?

- 엥? 이건 또 무슨 소리야.

- 알렉상드르 뒤마 '페르'를 말하는 거야, 아니면 그 아들인 알렉상드르 뒤마 '피스'를 말하는 거야?

아, 도대체 앤 무슨 소리를 하고 있는 거야. 일이 또 복잡해지기 시작했다. 알렉상드르 뒤마 아버지인지 아들인지는 나중에 찾아보기로 하자. 지금은 대화의 주제를 얼른 바꾸는 것이 시

급하다. 내가 잘 아는 분야, 별로 실수를 하지 않을 분야를 찾아야 하는데…

－너는 어떤 정신이나 사고방식, 뭐 그런 거에 관심이 많은 것 같더라?

내가 갑작스럽게 말을 바꾸자 마리는 눈살을 찌푸렸다. 적잖이 당황한 눈치였다. 내가 뭐 골탕을 먹이려는 건 아닌지 스스로에게 질문을 하는 것 같았다. 그러더니 마리가 물었다.

－왜, 너는 관심 없어?

－관심 많지, 나도. 하지만 매일 관심이 가는 건 아니야.

나는 되도록 자연스럽게 대답했다.

－생물 시간에 '눈'에 대해서 배웠잖아, 정말 재미있지 않니?

뜬금없이 생물 시간 얘기를 꺼낸 마리는 갑자기 생각이 많아지는 것 같았다. 혼자 곰곰이 생각하더니 마치 혼잣말을 하듯 중얼거리기 시작했다.

－홍채며 각막이며… 정말 대단한 일을 하는 것 같지 않아?

－참, 너 생각나? 생물 샘이 그랬잖아, 각막이 잘못되면 장님이 될 수도 있다고. 그때 내가 한 질문이 말이야…

빵집 앞에 도착하자 해는 이미 저물고 밖이 어둑어둑해졌다.

마리는 갑자기 발걸음을 멈추더니 나를 향해 말했다. 어두워서 잘 보이진 않았지만 미소를 머금고 말하고 있다는 게 느꺼졌다.

 - 장님이 되면 니스에 눈이 오는 것도 못 보겠지? 간조 현상
도 못 보고 말이야.

 그러더니 마리는 자기 갈 길로 가버렸다. 그렇게 마리는 가버
렸다. 나에게 한 방 제대로 먹이고 가버렸다…

★ ★ ★

 저녁 시간. 뭔가 끝까지 께름칙한 것이 속이 답답해 아빠에
게 물었다.

 - 아빠, 알렉상드르 뒤마 씨가 두 명이라는 거 알고 있었어?

 잡지를 읽고 있던 아빠가 나에게 고개를 돌리며 말했다.

 - 응. 아버지인 알렉상드르 뒤마 페르가 있고, 그 아들인 알렉
상드르 뒤마 피스가 있지. 둘 다 이름이 같아.

 나는 고통의 한숨을 내쉴 수밖에 없었다.

 - 웬 한숨이냐, 땅 꺼지겠다.

 - 나는 모르는 걸 다른 애들은 다 알고 있는 것 같아서… 집
에 오는 길에 우리 반 여자애 한 명을 만났는데, 걔는 알고 있더
라고. 알렉상드르 뒤마 씨가 두 명이라는 걸. 걔 앞에서는 〈삼
총사〉 얘기는 꺼내지도 말아야지. 누가 알아? 벌써 백 번은 더

읽었을지? 아이쌤도 알렉상드르 뒤마 씨가 두 명이라는 건 예전부터 알고 있었을 거야, 분명. 근데 왜 알렉상드르 뒤마 씨는 자기 아들 이름을 자기 이름이랑 똑같이 지었을까?

-글쎄다, 그건 아빠도 잘 모르겠는데? 아들도 자기처럼 글을 쓰길 원해서 그랬나? 이름이 같으면 글을 쓰는 데도 운이 따라 줄 거라고 생각했나?

밤이 되자 나는 부엌에 있는 스탠드 불을 켜고 책가방을 풀며 아빠에게 물었다.

-아빠!

-왜?

-아빠가 나한테 하는 것들 말이야, 할아버지도 아빠한테 똑같이 했어? 예를 들면 아빠가 학교에 잘 다니는지, 학교 공부는 잘하는지 감시하고 그랬어?

아빠는 쓰고 있던 볼펜 뚜껑을 닫더니 애정이 가득한 표정으로 나를 쳐다보며 말했다.

-2차 대전 후에 프랑스로 건너온 할아버지는 고물상 같은 걸 했어. 그렇게 시작한 장사가 잘되자 그때는 아빠를 돌볼 겨를이 없이 바쁘셨지.

-그럼 아빠 혼자서 열심히 공부한 거야?

아빠는 고개를 끄덕이며 그렇다고 했다. 헐… 우리 아빠 좀 짱인 듯.

－아빠는 할아버지 많이 좋아했어?

아빠는 어색한 미소를 지으며 볼펜 뚜껑을 다시 열었다. 낚싯줄을 끊고 도망가는 물고기마냥 아빠도 내 질문을 슬쩍 피하려는 모양이었다.

－글쎄… 아빠는 할아버지랑 별로 친하지 않았어… 지금 생각해보면 나한테도 아빠가 있기는 했나 싶기도 해. 아빠와 아들이 서로를 잘 알 수 있다고 생각하니?

질문을 던진 아빠의 모습이 사뭇 진지했다.

－당연하지. 아빠랑 나, 우린 서로를 잘 알잖아. 아이쌤이랑 아이쌤네 아빠도 그래.

아빠는 잠시 생각에 잠기더니 곧 현실로 돌아온 듯 말했다.

－그래, 네 말이 맞구나. 우리는 서로를 잘 알지… 잘 알고말고.

하지만 아빠는 영 못 미더운 듯한 눈치였다.

－아빠, 또 질문이 있어. 아니, 질문이 두 개 더 있어. 그런데 막 중요한 건 아니야.

－뭔데?

－첫 번째 질문은 말이야… 학교 쌤들은 화장지를 살 때 어떻게 할까? 사람들이 다 쳐다볼 텐데 말이야…

-아빠도 네 나이일 때는 같은 질문을 했었어. 물론 아직도 정답은 모르지만 말이야. 두 번째 질문은 뭐니?

-저녁은 언제 먹어?

제 3 장

수학 수업이 있는 교실 복도. 우리는 복도 벽에 붙어 전 시간에 교실을 썼던 학생들이 나오기를 기다리고 있었다. 아이쌤은 어떤 체스 경기에서 있었던 소위 유명하다는 일화에 대해 설명하고 있었다. 마치 내가 아이쌤의 설명을 이해할 수 있기라도 한다는 듯이 말이다. 물론 나는 다 아는 척, 다 이해하는 척했다.

- 내 말이 무슨 말인지 알겠지?

아이쌤이 물었다.

- 당연하지, 백 번 천 번 이해하고말고.

뿔테 안경 뒤로 보이는 아이쌤의 두 눈, 그 두 눈이 말없이 웃고 있었다. 이번에는 내가 아이쌤에게 질문을 던졌다.

- 그 체스 선수 이름이 뭐랬지?

- 레셰프스키?

-응, 그래, 그… 셰키. 그럼 그 사람은 구구단이나 방정식 뭐이런 거는 척척 풀었단 말이지?

-당연하지. 여섯 살 때 이미 성인 20명과 동시에 체스 경기를 할 정도였으니까.

아이쌈과 말은 하고 있었지만 내 눈은 마리를 찾느라 바빴다. 하지만 마리의 곱슬머리만 보일 뿐 정작 얼굴은 보이지 않았다. 여전히 곱게 정돈한 헤어스타일. 머리카락 한 올도 뻗치지 않았다. 위생에 관해 아빠가 했던 말이 생각났다. 정말 중요한 곳은 발이라고 했던가. 발이 깨끗하면 진짜 깨끗한 거라고. 나는 마리의 발을 향해 시선을 돌렸다. 아, 눈부시게 새하얀 저 양말! 무릎을 향해 일자 정렬을 하고 있는 저 양말 세트를 보라! 갑자기 마리와 비교가 되었다.

교실에 들어가서 앉자 수학 선생님이 무슨 종이를 나눠줬는데, 알 수 없는 질문이 쓰인 종이였다.

ABC가 꼭지점이되 A가 중심이 되는 이등변삼각형을 그리시오. 꼭지점 E는 꼭지점의 대칭이며, B를 A로 변환하는 어쩌고저쩌고 어쩌고저쩌고…

나는 보자마자 딱 알았다, 어려운 문제라는 걸. 우선 만반의

31

준비를 하기 위해 일단 연필부터 깎기로 했다. 그 후, 시간을 보내기 위해 잣대를 바닥에 떨어뜨리는 놀이를 했다. 마침 내 잣대는 쇠로 되어 있는 것이라 소리가 요란스러웠고, 반 아이들과 선생님이 그 소리 때문에 짜증을 냈다.

　- 빅토르! 자리 바꿔 앉아! 얼른 가방 싸서 저기 가서 앉아라. 저기, 마리 옆에. 적어도 한눈을 팔지는 않겠지…

　나는 마리 옆에 앉으며 마리를 향해 미소를 지어 보이려 했다. 하지만 정작 마리는 문제지에 코를 박고 집중하고 있었다. 어깨 너머로 슬쩍 보니 마리의 글씨체는 곱게 신은 양말만큼이나 깨끗했다. 아… 또 비교가 되기 시작했다… 난 글씨체도 엉망이고 양말도 엉망이었다. 군데군데 구멍도 나고 고무줄이 나간 듯 헐렁헐렁했다. 이런 헐랭이 같으니라고.

　아! 내가 한눈을 팔고 있었나 보다. 생각을 너무 골똘히 했나? 갑자기 현실로 돌아와 내 책상을 보니 연습장이 놓여 있었다. 그 연습장에는 수학 문제의 해답으로 예상되는 도형과 알 수 없는 설명이 쓰여 있었다.

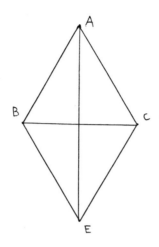

ABC는 변 AB와 변 AC의 길이가 동일한 이등변삼각
형이다. 꼭지점 E는 B와 C를 잇는 변에 대한 A와 대칭
이다. 즉, AC = EC와 AB = EB가 되므로 결론적으로 EC
= AC = AB = EB가 성립한다. 따라서 ABEC는 마름
모꼴이므로 평행사변형이기도 하다. 그러므로 어쩌고저쩌
고 어쩌고저쩌고…

이런 기적 같은 일은 처음이었다! 누가 이런 천사 같은 마음
을 가졌나, 누가 나를 도와주려는 건가 주위를 둘러보았다. 하
지만 그 누구와도 시선이 마주치지 않았다. 아이쌤은 아니다,
교실 맨 뒤쪽 구석에 조용히 앉아 있으니 말이다. 아이쌤은 안
경까지 벗고 멍을 때리고 있었다. 무슨 깊은 사색에 잠겨 있는

것이겠지. 누구의 선물인들 어떠랴, 일단 베끼고 보자.

쉬는 시간이 되자 나는 마리에게 묻고 싶었다. 나에게 정답을 알려준 천사가 바로 너니? 하고. 하지만 마리는 보이지 않았다. 마리는 다른 여자애들처럼 화장실 주변에 모여서 떠드는 애가 아니었다.

마지막 시간은 생물 시간. 두 사람이 짝을 지어 소의 눈을 해부하는 게 오늘의 과제였다. 아이쌤이 메스로 해부를 했고 나는 관찰 내용을 적었다. 수업 중간에 마리가 선생님한테 질문을 했다. 무척이나 어려운 단어를 사용했기 때문에 마리의 질문이 뭔지는 잘 모르겠다. 마리의 질문에 생물 선생님이 놀랐다는 표정을 지었고, 그 모습에 마리가 설명을 덧붙였다.

- 저희 아빠가 의사거든요. 그래서 가끔…

수업이 끝나고 교실 밖으로 나온 나는 괜히 딴청을 피우며 마리를 기다렸다. 그런데 이게 어찌된 일인가, 마리는 이미 교실을 떠나고 없었다. 다행히 저 멀리 뒷모습이 보였다. 게다가 혼자였다. 이런 일이 흔치 않은데, 마리와 이야기를 하려면 이번 기회를 놓치면 안 된다!

학교에서 나온 나는 계속해서 마리를 따라갔다. 그러다 마리에게서 약 20미터쯤 떨어진 곳에 멈춰 섰다. 너무 힘들어 계속 뛸 수가 없었다. 헥헥거리는 소리에 마리가 획 하고 나를 향해 돌아섰다. 바람에 날린 머리가 마리의 얼굴을 반쯤 덮었다.

-너도 이 동네에 사니?

마리가 물었다.

-응, 근데 조금 더 가야 해. 자동차 수리소 있는 데야. 근데 오늘은 친구랑 안 있네? 너 친구들이랑 친하잖아.

-그거야 학교에서 그런 거지. 학교 끝나면 잘 안 만나. 애들이 좀…

-좀 짜증 나지 않냐? 지들만 잘난 척…

내 말에 마리가 미소를 지었다.

-뭐, 그렇게까지 말은 안 하겠지만… 내 생각도 조금은 비슷해.

마리와 나는 아무 말 없이 몇 미터를 더 걸었다. 그러다 내 입에서 갑자기 뜬금없이 튀어나온 말 한마디.

-참, 아까 수학 답안지는 고마웠어.

-나한테 고마워할 필요 없어. 난 아무것도 안 했는데?

마침 우리는 교회 앞을 지나고 있었고, 이 일을 어떻게 마무리해야 할지 아무런 생각도 나지 않았다. 그래서 말했다.

-아, 그럼 이게 다 하느님이 주신 선물인가 봐!

날이 어둑어둑했지만 나는 보았다, 마리의 알 수 없는 웃음을. 나를 놀리는 건지, 뭔가 슬픈 건지, 아니면 둘 다인지… 어쨌든 알쏭달쏭한 미소였다. 그러다 갑자기 마리가 멈춰 서더니 대문을 가리키며 말했다.

-여기가 우리 집이야.

-어, 진짜?

-왜?

-너네 아빠 의사라며. 근데 왜 의사 문패가 없는 거야?

-모든 의사가 자기 집 문 앞에 문패를 붙여놓는 건 아냐. 병원에서 일하는 의사들도 있잖아. 그리고 우리 아빠는 의사가 아니야.

-그럼 왜 생물 샘한테 너네 아빠가 의사라고 한 거야?

-여자 화장실 변기를 막히게 한 건지 너한테 물어봤어? 안 물어봤지? 네가 변기에 화장지를 구겨 넣은 걸 아는데도 말이야.

-그럼 이것만 묻자. 아까 수학 시간에 정답지 준 거… 정말 너 아니야?

-당연히 아니지. 내가 왜 그런 짓을 했겠니?

마리는 열쇠를 꺼내 대문을 열었다. 문 뒤로 으리으리한 정원이 보였다. 나는 마리가 쌩 하니 집으로 들어갈 줄 알았는데 웬걸 나를 향해 고개를 돌리며 말했다.

-네가 원하면 내가 공부하는 걸 도와줄 수도 있고…

마리의 말에 나는 기분이 좋아졌다. 하지만 '공부'라는 단어가 살짝 걸리는 것도 사실이었다.

그날 저녁, 나는 갖고 있는 교과서를 모두 꺼냈다. 작년 교과서까지 모두 다. 아, 그런데 도대체 어디서부터 시작해야 하는 걸까? 여기저기 구멍이 뚫려 어디서부터 어떻게 막아야 할지 모르는 배를 탄 기분이었다. 이 답답한 상황에서 나를 구해줄 수 있는 건 기적밖에 없는 걸까?

★ ★ ★

토요일 아침. 장을 보러 가는 길에 아빠에게 말했다.

- 난 준비가 안 된 것 같아.

- 준비? 무슨 준비?

- 그냥 다. 결국 난 시련에서 벗어나지 못할 것에 대한 준비를 해야 하려나 봐. 아니면 기적이 일어나기를 기다리든가…

아빠는 내 말을 이해하지 못했다는 듯, 내가 마치 외국어로 쌀라쌀라거리기라도 한다는 듯 눈살을 찌푸렸다.

- 다른 애들보다 시간이 더 필요한 걸지도 몰라. 조금 어렵다고 너무 쉽게 포기를 하는 것은…

- 그런 게 아니야. 아빠도 알잖아, 난 도미노 게임도 못한다

고… 삼촌이 나한테 체스를 가르쳐주려다가 포기한 거 기억
나?

　- 체스를 못 두는 사람이 얼마나 많은데…

　- 난 다 못하잖아. 코사인도 모르고, 식의 변형이며 원추가 뭔
지도 제대로 모르고, 니스의 기후에 대해서도 몰라. 나한테 심
각한 문제가 있는 게 분명해.

　우리는 돌로 지은 집들이 가득한 마을을 지나 아직 잠들어
있는 농장을 지났다. 농장 이름이 적힌 팻말이 울타리에 걸려
있었는데 '미러지 농장'이었다. 나는 그걸 또 '머저리'라고 읽
어버렸다.

　- 아빠, 저것 봐, 농장 이름마저 나를 놀리고 있잖아. 나보고
머저리래.

　그렇게 말을 하고 나니 웃음이 났다. 그러자 아빠도 나를 따
라 웃기 시작했다. 한 번 터진 웃음은 그칠 줄을 몰랐고, 아빠는
제대로 차를 몰 수 없어 지그재그 모양을 그리며 운전을 했다.
조금 진정을 한 후 라디오를 틀자 록의 정석 롤링스톤즈의 〈새
티스팩션〉이 들려왔다. 아빠가 믹 재거 흉내를 내면서 노래를
불렀다. 완전 웃겼다.

　- 아빠, 내가 좀 생각해봤는데… 내 문제는 뭔가 다 헐렁이
같다는 거야.

– 헐랭이?

– 응, 그런 생각이 들었어. 얼마 전 수학 시간에 선생님이 나한테 자리를 옮기라고 했거든? 그래서 어떤 여자애 옆에 앉았는데, 걔에 비해서 나는 뭔가 헐랭이 같다는 생각이 들었어.

내 말에 아빠가 웃으며 물었다.

– 그 여자애는 너보다 덜 헐랭인 거야 그럼?

– 전혀 헐랭이가 아니야. 반대로 얼마나 빠릿빠릿한지 몰라. 그리고 걔는 뭐든지 정확하고 깨끗해… 내가 왜 이런 생각을 하게 됐는지 말해줄까?

– 그래, 말해봐.

– 양말 때문이야.

아빠는 잠시 아무 말이 없었다.

– 아빠!

– 응?

– 나 양말 좀 사줘. 고무줄도 탄탄하고 쫙쫙 늘어나는 깨끗한 양말을 신으면 학교 공부도 더 잘할 수 있을 것 같아.

아빠는 뭔가를 생각하는 눈치더니 곧 미소를 지으며 말했다.

– 그럼 새 양말이 너한테는 기적이 되는 거네?

제 4 장

그다음 주. 결국 수학 시간에 나에게 기적을 일으켜준 장본인이 마리라는 것이 밝혀졌다.

처음에는 마리가 이번 일과는 아무런 상관도 없다고 생각했다, 정말 정말 진심으로. 어쩌면 나도 모르게 내 스스로 정답을 찾았는지 모른다는 착각까지 했다. 하지만 수학 선생님이 채점한 시험지를 나눠줬을 때, 나는 모든 걸 깨닫고 말았다. 왜냐, 마리가 나보다 점수를 더 낮게 받았기 때문이다. 이건 정말 불가능한 일이었다. 수학 선생님이 나에게 정말 잘했다고 칭찬까지 했다. 너무나 감동적이었다. 우리 반 애들이 모두 나를 쳐다봤고, 아이쌤도 이 중요한 순간을 놓칠세라 절대 몰입의 상태에서 빠져나와 나에게 시선을 돌렸다. 한껏 들뜬 내 심장이 쿵닥쿵닥 요동을 쳤다. 수학 선생님은 나에 대한 칭찬을 멈추지 않았다. 내가 무슨 훈장감이라도 되는 것처럼 말했다. 선생님이 조금 오버한다는 생각이 들지 않은 것은 아니나, 뭐 여태껏 칭찬이란 걸 받아본 적이 드물기 때문에 이번 한 방에 만회한다고 생각하기로 했다. 나중을 위해 지금 실컷 칭찬을 받아두는 것도 나쁘지 않았다.

－세상에, 마리보다 더 잘 풀다니! 마리는 나중에 가서 큰 실수를 했는데 말이야. 그러니 네가 마리가 쓴 답을 보고 베낀 것이 아니라는 것이 증명되지 않았겠니, 호호호호!

수업이 끝났고 수학 선생님이 내 자리로 다시 와서 말했다.

－더 이상 변명하기 없기다! 이것 봐라, 공부를 하니까 실력이 쑥쑥 늘잖니. 널 믿어도 되겠지?

그러더니 내 눈을 똑바로 쳐다보는 것이 아닌가. 그러고는 사뭇 진지하게 말했다.

－선생님뿐만이 아니야. 반 학생들 모두가 너를 믿어, 알았니?

아… 모두가 나를 믿다니, 이건 또 무슨 시추에이션이냐. 부담스러웠다. 게다가 마리는 이미 교실을 떠나고 없었다. 1층 복도로 내려온 나는 혹시나 하는 생각에 조심조심 학생주임의 사무실 앞을 지났다. 그러나 이게 웬일… 전설의 무법자 럭키 루크가 나를 보고 말았다.

- 네 얘기 들었다, 정말 잘했어! 잘했고말고!

럭키 루크는 정말 자랑스럽다는 듯 내 어깨에 손을 얹으며 덧붙였다.

- 너도 기분 좋지?

- 예, 샘… 기분 좋죠…

- 너에게 가능성이 있다는 걸, 너를 믿어도 된다는 걸 선생님은 이미 알고 있었다!

이건 또 웬 오버. 나는 얼른 화장실로 달려갔다. 나에게도 지키고 싶은 자존심이란 게 있는 법. 문을 걸어 잠그고 혼자 들어가 앉아 한참을 울었다. 울고 나니 뭔가 개운한 느낌이 들었다. 언젠가는 나에게도 칭찬의 쓰나미가 몰려올 것이라는 꿈을 늘 꿨었다. 하지만 정말 현실에서 그런 일이 일어나니 내가 받은 칭찬들을 다 물리고 싶다. 다들 내가 좋은 성적을 받을 거라고 기대한다. 곧 실망하게 될 텐데… 전설의 무법자 럭키 루크에게 가서 모든 걸 말하고 싶었다. 정말 창피하지만 커닝해서 좋은 점수를 받은 것일 뿐이라고. 모범생으로 살아보고자 했건만 온통 후회와 상처뿐이었다. 나는 물을 내리고 밖으로 나갔다.

운동장에 에티엔과 마르셀이 보였다. 나는 쌍둥이 형제에게 물었다. 지금 내가 처한 상황에 대해 어떻게 생각하냐고. 물론 이 모든 것이 마리 덕분이라는 말은 하지 않았다. 그러기에는 너무나 쪽팔렸다. 에티엔이 말했다, 커닝해서 좋은 점수를 땄으니 이제는 계속해서 커닝을 하는 수밖에 없을 거라고. 이놈, 그걸 조언이라고…

★ ★ ★

학교가 끝났다. 나는 아이쌈에게 오늘은 체스 경기를 보러 가지 않겠노라고 했다. 그보다 더 중요한 일이 있다고 말했다. 그러자 아이쌈이 말했다.

- 아, 진짜? 오면 좋을 텐데…
- 내일 보러 가지, 뭐.
- 내일은 안 돼. 토요일이잖아.
- 토요일이면 안 돼?
- 토요일은 유대교 안식일이야. 그러니까 아무것도 하면 안 돼.
- 넌 이집트 사람이잖아. 게다가 너희 아빠는 터키 사람이고.
- 그래서 뭐?

그래서 뭐가 어떠하냐는 아이쌈의 질문에 대답할 거리가 없었다. 하긴 내 정신은 모두 다른 곳에 팔려 있었으니. 아이쌈이 수위실 문을 열었다. 아이쌈의 아버지는 터키식 모자 페즈를 쓰고 빵을 만들고 계셨다. 아이쌤은 나와 헤어지기 전에 이렇게 말했다.

- 수학 시간에 좋은 점수를 받은 거랑 오늘따라 집에 일찍 가겠다는 거랑 뭔가 관련이 있는 것 같은데?

그러더니 마치 엑스레이라도 찍듯이 나를 뚫어지게 쳐다본다. 혹시 아이쌤은 내 뼛속까지 훤히 들여다볼 수 있는 게 아닐까?

- 그래서 뭐?

나도 질세라 아이쌤에게 대답했다. 하지만 별 생각 없이 던진 말이었다. 아이쌤은 천천히 고개를 숙였다. 마치 그게 이 상황에 맞는 정확한 대답이라는 듯이 말이다. 갑자기 내 등골이 서늘해졌다. 아이쌤 덕분에 뭔가 성장하는 느낌이 들었다고나 할까?

나는 마리를 놓치지 않으려고 미친 듯이 달렸다. 마리에게서 확실한 답을 듣지 못하고 주말을 보낼 수는 없는 노릇이었다. 저 멀리 보이는 마리! 나비처럼 날아서 벌처럼 쏜다고 했던가, 나는 얼른 달려가 짠 하고 마리 앞에 나타났다. 나를 보고 깜짝 놀라는 마리.

- 앗, 깜짝이야! 놀랐잖아!

- 얘기 좀 해.

- 무슨 얘기? 네가 오늘 수학 시간에 칭찬받은 얘기?

갑자기 짜증이 훅 몰려왔다. 하지만 여기서 폭발하면 안 된다, 마리가 나랑 말도 안 나누고 자기네 집으로 쏙 들어가버리면 난 뭐가 되나. 특히 이번 사건에 대해서는 엄격히, 그리고 확실하게 짚고 넘어가기로 하지 않았는가.

- 어, 그래! 이번 일에 대해 아무런 상관도 없는 듯 행동하지 마. 내가 지금 얼마나 황당한 상황인지 알지?

그러자 마리는 교회 앞 벤치에 앉으며 말했다.

- 알았어, 얘기해봐. 대신 빨리 말해, 나 집에 들어가봐야 해.

- 그게 그러니까… 내가 오늘 너보다 더 좋은 점수를 받은 건…

- 응, 내가 마지막 단계에 가서 실수를 했지.

- 나 놀리는 거냐, 지금? 나한테 정답지를 준 게 바로 너잖아. 그리고 너는 그 사실을 숨기기 위해서 일부러 문제를 틀린 거고, 안 그래?

나는 좀 더 심각해 보이기 위해 팔짱을 꼈다. 그리고 덜덜 떨리는 모습을 감추기 위해 다리도 꼬고 앉았다.

- 내가 왜 그런 짓을 했다고 생각해? 뭐, 어쨌든… 그래, 그렇다고 치자. 그래서 뭐? 뭐가 문제라는 거니? 네가 나보다 더 좋은 점수를 받은 게 문제인 거야?

나는 내가 느끼는 이 알 수 없는 감정에 대해 잘 표현해줄 수 있는 단어를 찾기 시작했다. 그러자 마리가 자리를 박차고 일어서는 게 아닌가. 나는 얼른 마리의 뒤를 쫓아가며 말했다.

- 이런 사기가 어디 있나? 럭키 루크한테까지 소문이 났더라. 나한테 잘했다고 칭찬하던데? 이걸 우리 아빠까지 알면 어떻게…

- 그래서 뭐?

- 이젠 모두를 실망시키는 일만 남았다는 게 문제지. 어떻게 또 그런 좋은 점수를 받냐, 내가? 다음 시험에서 엉망진창인 점수를 받을 게 뻔하고… 그럼 밝혀지겠지, 이 모든 게…

- 방법이 있긴 한데…

- 방법이 있긴 뭐가 있냐? 나한테 다시 커닝을 하라는 소리라면 여기에서 집어치워! 앗, 그리고 보니 너… 진짜 너였구나, 딱 걸렸어!

- 뭐, 그건 그렇다고 쳐. 난 너한테 커닝을…

마리의 발걸음이 갑자기 느려지기 시작했다. 집에 다 와간다는 신호였다. 하지만 나는 이대로 미지근하게 이 일을 끝내고 싶지 않았다. 나는 마리네 대문 앞에 떡하니 버텨 서서는 팔짱을 끼며 말했다.

- 확실히 좀 하자. 나한테 정답지를 준 게 너 맞지?

마리는 가방에서 열쇠를 찾기 시작했다. 마리의 얼굴로 붉은 빛 머리카락이 촤르르 쏟아졌다.

- 응, 나야.

참 이상했다… 정작 마리의 대답을 듣고 나니 뭐라고 할 말이 없었다. 마리는 자기 입술을 살짝 깨물며 웃었다.

- 왜 그랬는데?

- 글쎄… 별 생각 없이 그냥… 그런 게 내 스타일은 아닌데… 그니까 내가 별 생각 없이 뭘 하는 일은 없거든.

아주 잠깐 생각했다. 마리의 이 변명을 믿고 받아들여도 좋은 것일까?

- 나 들어가서 첼로 연습해야 해. 괜찮으면 들어와서 내가 연습하는 거 봐도 좋고…

마리의 말에 나도 음악을 하노라고 말을 할 뻔했…지만 그냥 꾹 참기로 했다. 첼로라… 마리의 첼로… 갑자기 궁금해졌다. 마리와 나는 엄청나게 큰 정원 가운데로 꼬불꼬불 난 길을 걷기 시작했다. 양옆으로는 별별 종류도 다양한 나무들이 가득했다. 집을 향해 가는 길에 마리가 속삭이듯 말했다.

- 참, 여자 화장실에 휴지 다시 넣어줘서 고마워.

★ ★ ★

저녁 시간, 나는 오늘 일어났던 모든 일에 대해 곰곰이 생각해봤다. 그래서 그런지 머리가 터질 것만 같았고, 그런 나를 보더니 아빠가 말했다.

– 너 안색이 왜 그 모양이냐?

나에게 무슨 일이 있냐고 묻는 아빠에게 나는 아주 간단하게 대답했다.

– 수학 시험을 봤는데, 내가 우리 반에서 1등을 했어…

아빠는 이미 알고 있었다. 오후에 자전거 연습을 하고 있던 럭키 루크와 우연히 마주쳤다고 했다.

– 네가 다른 애들에 비해 그렇게 뒤처졌던 게 아니었나 보네, 뭐!

그러더니 아빠는 기분이 좋은지 휘파람을 불기 시작했다. 아빠가 저렇게 좋아하는 모습을 본 게 언제더라… 싶었다.

마리네 집에서 있었던 일이 떠올랐다. 비발디와 바흐의 연주곡을 들은 게 장장 한 시간 반. 그런 경험은 처음이었다. 뭔가 놀랍고도 경이로운 느낌이 들었다. 연습이 다 끝나자 활을 내려놓으며 마리가 말했다.

– 너도 음악 좋아하니?

– 나, 나? 으…응. 물론이지.

– 클래식? 바로크?

– 뭐…로크?

– 바로크. 바로크 음악 말이야.

아, 이 무식… 나의 무식함에 새삼 얼굴이 빨개졌다. 도대체 뭐가 다르다는 건지 알 수는 없지만, 어쨌든 바로크는 세상 세상 처음 듣는 단어였다. 혹시 마리가 나를 놀리려고 아무 말이나 하는 건 아닌가 하는 생각까지 들었으니. 그래도 클래식은… 뭐랄까… 뭔가 클래식하게 느껴졌다.

– 난 클래식이 좋아. 왜냐하면 그 바로…크…는 뭐랄까…

– 클래식 중에 뭐?

나는 미친 듯이 머리를 굴리기 시작했다. 아, 여기서 실수하면 안 되는데. 그때 마침, 작년에 죽은 토끼가 먹던 사료 이름이 퍼뜩 떠오르는 것이 아닌가. '모차르트 사료'!

– 모차르트. 응, 나는 모차르트가 좋아.

아, 어찌나 마음이 놓이던지 나는 함박웃음을 지었다. 모차르트에 대해서는 나중에 더 알아봐야겠다고 생각했다.

– 모차르트 곡 중에 특별히 좋아하는 게 있니?

– 아! 글쎄… 특별히 좋아하는 건 없고 두루두루… 진정한 팬이거든.

- 음… 너도 악기 다룰 줄 알아?

마리에게 내가 속한 록 그룹에 대한 얘기는 절대 하지 않을 테다. 아빠 자동차 수리소에서 연습한다는 것도 절대 말하지 않을 테다… 그렇다, 나는 록 그룹의 리더. 드럼에 에티엔, 베이스에 마르셀 그리고 나는 기타. 모차르트와는 하등 상관없는 록 그룹이다. 뭐, 노는 물이 조금 다르다고 해야 할까? 나는 왠지 창피한 기분이 들었다. 그래서 대화 주제를 바꾸기로 했다. 이왕이면 내가 잘 아는 자동차에 대한 얘기가 좋겠다. 나는 마리에게 내가 제일 좋아하는 차에 대해 이야기해주었다.

마리는 뭔가 누리끼리한 걸로 첼로 활을 열심히 문지르기 시작했다. 나는 무척 흥미롭다는 말투로 물었다.

- 그게 뭐야?

- 이거? 송진. 이걸 안 바르면 활이 잘 안 켜지거든.

마리는 우아한 몸짓으로 활에 송진을 발랐다. 나는 자리에서 일어났다, 그때 마침 다리에 쥐가 났기 때문이다. 일어서서 책장을 보니 세상에나, 책이 알파벳 순으로 정리되어 있었다. 그런데 참 이상한 것이 '눈'에 관한 책이 많다는 사실이었다. 〈시신경 해부학〉, 〈시각 장애〉, 〈실명에 대한 교육〉 등등… 제목도 참 복잡한 것이 무슨 공상 과학 소설 같았다. 마리에게 물었다.

- 눈에 대한 책이 꽤 많네? 왜 눈에 관심을 갖는 거야?

- 발표 자료야.

- 발표?

- 기억 안 나? 헬렌 켈러의 일대기에 대해 발표하겠다고 선생님한테 제안한 거?

- 헬렌 켈러랑 눈이랑 무슨 상관인데?

- 헬렌 켈러는 한 살 반 때 시력을 잃었어. 하지만 헬렌 켈러를 위해 모든 걸 다 바친 선생님 덕분에 아주 훌륭하고 똑똑한 사람이 되었지. 헬렌 켈러에 대해서 더 알고 싶으면 책을 빌려줄까?

- 아, 아니 됐어. 〈삼총사〉 읽는 데도 힘들어 죽겠는데 뭘. 이 책을 다 읽으면 그때 가서 빌려도 될 거야, 한 십 년 뒤?

어쨌든 나는 마리의 대답에 성이 차지 않았다. 그래서 그런지 확실하게 짚고 넘어가야겠다 싶었다.

- 헬렌 켈러에 대해서 발표하는 데 이 책들이 다 필요한 거야, 그럼?

- 난 뭘 하든 똑 부러지게 해야 성에 차. 그래서 자료 조사에 철저한 거고.

- 하긴… 네가 시력이니 실명이니… 뭐 이런 거에 관심을 갖는 게 어쩌면 당연한 일일지도 몰라.

- 왜?

- 장님들 중에 훌륭한 음악가가 많거든. 너도 음악을 잘하니까 뭐 공통점이 있다고 해야 할까?

마리는 내 말에 뾰로통한 표정을 지었다. 그러더니 곧 마리의 얼굴이 아주 심란해 보였다. 내가 뭔가를 잘못한 것이 분명했다.

마리네 집은 너무나도 고요했다. 밖에서 나뭇가지 부러지는 소리가 다 들릴 정도로 조용했다.

- 너네 집에 아무도 없어? 너희 부모님은 아직 안 들어오신 거야?

- 조금 있다가 오실 거야. 난 대부분 집에 혼자 있어. 부모님 두 분 다 옥셔니어거든, 그래서 출장도 잦아.

- 옥셔 뭐? 그게 뭐야?

- 경매상… 몰라?

마리는 책상에 망치를 치는 시늉을 하며 물었다. 그러고 보니 그 옥셔니 어쩌고저쩌고는 영화에서 본 것 같기도 했다.

마리와 나는 한동안 아무 말 없이 앉아만 있었다. 결국 마리는 첼로를 정리하고 침대에 앉더니 나를 뚫어지게 쳐다보며 말했다.

- 너한테 제안 하나 해도 돼?

뭔가 기분이 이상했다. 무슨 수작일까?

- 응, 말해봐.

- 그게… 원래는 너를 도우려고 정답지를 준 건데 일이 이렇게 됐네. 그래서 말인데… 내가 너 공부하는 걸 도와주는 건 어때?

- 공부?

- 응. 복습하는 걸 도와줄게. 수업 시간에 네가 이해하지 못한 건 설명도 해주고. 네가 얼른 따라잡을 수 있게…

나는 너무 당황한 나머지 입을 헤 하고 벌리고 있었다. 이건 또 무슨 시추에이션이란 말인가. 겨우 정신을 차리고 마리에게 말했다.

- 아, 좀 생각해볼게… 음… 생각할 시간이 필요해.

제 5 장

학기 말. 아빠가 내 성적표를 들여다보고 있었다. 과연 결과가 어떻게 나왔을까 궁금하기도 했다. 마리가 내 공부를 도와주기 시작한 이후, 도대체 내가 어디로 가는 건지, 잘 가고는 있는 건지 알 수가 없었기 때문이다.

아빠가 키득키득 웃기 시작했다.

- 왜 웃는데? 나 놀리는 거야?

- 라 퐁텐이 9시 뉴스 앵커라고? 야, 라 퐁텐은 우화를 쓴 작가 아니니! 진짜 골 때린다, 너. 창피하지도 않아?

아빠는 성적표를 돌돌 말아 내 머리를 때리려고 했다. 하지만 날렵한 나는 잽싸게 피했다.

- 라 퐁텐이 살던 시대에 텔레비전이 있었다고 생각했어?

- 흑백 텔레비전도 없었나?

- 당연하지, 이 바보야!

이제는 아예 대놓고 웃는 아빠. 눈물까지 흘리면서 웃었다.

- 아인슈타인은 또 뭐야, 진짜 해도 해도 너무하는 거 아니냐?

그렇게 꺼이꺼이 하면서 박장대소를 하던 아빠는 조금 진정하고 말했다.

- 어쨌든 뭐, 결과는 그리 나쁘지 않네. 선생님들한테 칭찬도 듣고.

나도 아빠와 생각이 같았다. 결과가 나쁘지는 않았다. 그런데 아빠는 잘 나가다 꼭 초치는 소리를 한다.

- 물론 체육은 빼고 말이야.

마리와 나는 체육에 대해서는 미처 생각을 못 했다…

- 체육이 얼마나 중요한데…

과목명	성적 (/20)	교사 평가
프랑스어	9	이번 학기에 놀라운 성적 향상을 보임. 하지만 한 가지 분명히 알아둬야 할 것이 있음. 라 퐁텐은 9시 뉴스 앵커가 아님.
수학	10	11월 초, 빅토르의 수학 성적에 기적이 일어남. 단, 시험지 학생 이름난에 '아인슈타인'이라고 적는 것은 피해주기 바람.

역사지리	8	수업 시간에 집중하고 참여도도 높은 편. 하지만 아직도 오스트리아와 오스트레일리아를 구별하지 못하고 있음.
생물	10	열심히 노력하는 모습이 보임. 단, 시조새의 깃털을 꼭 찾겠다는 생각은 버려도 될 것으로 보임. 시조새는 더 이상 존재하지 않음.
체육	5	난 네가 지난 100미터 달리기 시간에 한 일을 알고 있다. 나무 뒤에 숨은 거 다 티 났다.
음악	12	책상에 첼로 그림을 자주 그리는 것으로 보아 비로소 음악에 관심을 갖게 된 것으로 사료됨. 하지만 아쉽게도 여전히 음치임.

잠시 침묵이 흘렀다. 아빠는 나에게 성적표를 돌려주더니 테이블 위에 있던 커피잔을 치우기 시작했다. 부엌으로 향하던 아빠가 고개를 돌리며 말했다.

- 엄마가 봤으면 참 자랑스러워했을 거야.

그러더니 곧 부엌으로 들어가는 아빠. 뭘 찾는지 찬장을 뒤지는 소리가 들려왔다.

- 아빠!

나는 부엌에 있는 아빠를 불렀다.

- 왜?

- 아빠는 엄마를 많이 사랑했어?

아빠는 얼른 대답하지 않았다. 아빠의 침묵에 집이 땅으로 꺼지는 것만 같았다. 숨도 쉴 수 없는 긴장감이 돌았다. 아빠가 곧 내 쪽으로 걸어왔다. 아빠의 파란 눈이 보였다. 나는 그때 생각했다. 아빠가 이 세상을 떠나고 나면 저 파란 눈을 떠올리며 아빠를 그리워할 거라고.

결국 아빠는 괜히 잡지를 들추며 말했다.

– 그럼. 많이 사랑했지. 엄마 기억나?

– 아니.

– 엄마가 떠나고 우리 둘만 남았을 때… 네가 아니었으면 아빠는 헤어나오지 못했을 거야. 아빠 말 이해하니?

– 응, 아빠. 이해해.

우리는 완전 진지했다.

그런데 아빠가 마침 분위기 확 깨게 뿍 하고 방귀를 뀌는 것이 아닌가. 나도 아빠와의 연대감을 위해 뽀오옹 하고 수줍은 방귀를 뀌어주었다. 아빠와 나는 미친 듯이 웃었다.

그러고 나서 나는 공부를 하러 마리네 집으로 향했다. 5시에 에티엔과 마르셀이 우리 집으로 오기로 되어 있었다. 나는 아직 쌍둥이들에게 마리와 공부를 한다는 얘기를 하지 않았다. 이 녀석들, 내가 하루 종일 뭐 하나 궁금해하겠지? 아이쌤에게도 비밀인 건 마찬가지였다. 하지만 아이쌤은 뭔가 의심을 하는 것 같았다.

★ ★ ★

솔직히 마리의 제안을 받아들이기까지는 시간이 조금 걸렸다. 도대체 왜 마리가 나에게 관심을 갖는 건지도 알 수 없었다. 그런데 참 신기하게도, 내가 마리의 제안을 받아들일 수밖에 없게 만든 것은 바로 역사지리 선생님이었다. 물론 그러려고 해서 그런 것은 아니지만… 어느 날, 역사지리 수업 시간. 선생님이 나에게 물었다.

– 빅토르! 구텐베르크가 뭘 만들었지?

나는 단 1초도 고민하지 않고 대답했다. 아, 1초라도 고민을 해야 했었는데… 인생을 살아가는 데 있어 잠시 고민을 하는 게 얼마나 중요한 것인데… 난 왜 그때 그러질 못했는가.

– 프린터기요!

내가 여기에 왜 느낌표를 찍었는지 알겠는가? 내 대답에 대해 얼마나 확신하고 있는지를 보여주기 위해서다. 물론 결과는 비참했다. 반 아이들이 깔깔대고 웃었던 것이다. 아, 이렇게 웃음거리가 된 게 벌써 언제 적 일인가. 하도 오래돼서 벌써 까먹고 있었던 모양이다. 나는 선생님한테 크게 혼날 줄 알았다. 그런데 웬걸, 선생님이 한술 더 뜨며 물었다.

– 잉크 프린터기 아니면 레이저 프린터기?

또 한 번 터지는 아이들의 웃음.

왜 그랬는지, 또 어떻게 그랬는지 모르겠다. 어쨌든 역사지리 시간이 끝나자 책상 아래 붙은 껌처럼 뭔가 찝찝한 기분이 들었다. 나는 마리의 제안을 받아들일 수밖에 없었다.

첫 몇 주는 정말 힘들었다. 이미 휴지통에 버려버린 과제며 시험지도 몽땅 다시 꺼내다 마리에게 보여줘야 했다. 구겨진 종이를 다시 펴느라 얼마나 열심히 다림질을 했는지 모른다. 선생님이 틀렸다고 그어놓은 빨간 줄투성이인 시험지를 열심히 다려 빨랫줄에 널었다. 그런 나를 보며 아빠가 참 의아해했다. 마리는 며칠에 걸쳐 내 시험지를 분석했다. 그러더니 어느 날 나를 책상에 앉혔다. 그리고 해도 해도 끝이 없이 많은 연습 문제를 풀도록 시켰다.

내가 문제를 풀 동안 마리는 첼로를 켰다. 아주 오랜 시간 꼼짝도 안 하고 미친 듯이 첼로를 켜는데! 마치 자신의 인생 전체가 그 첼로에 달린 듯했다. 마리의 연주를 하도 들어서 그런가, 내 연습장에 그어진 선이 첼로의 현으로 바뀌고 나는 그 위에서 줄타기를 하는 느낌이 들었다. 마리는 공부가 끝난 다음에도 여러 음악가에 대한 이야기를 들려주었다. 결국 나는 그 음악가들에 대해 진짜 알게 되어버렸다! 예를 들어 볼까? 요한 세바스찬 바흐를 보자. 그는 두 번이나 결혼을 했고 애가 스무 명이나 있었다고 한다. 마리가 말했다.

– 돌봐야 할 애들이 스무 명이나 됐는데 어떻게 그렇게 많은 곡을 쓸 수 있었을까? 참, 그거 알아? 바흐도 시력에 문제가 있었다는 거?

– 아, 진짜? 나는 베토벤이 그런 줄 알았는데…

– 베토벤은 청력에 문제가 있었던 거고. 소리를 들을 수가 없었잖아.

– 그랬구나. 근데 음악가들 중에는 왜 이렇게 장애인이 많은 거야?

– 바흐는 눈 수술도 했었대. 그런데 그게 잘 안 됐어. 아예 장님이 됐으니까 말이야.

마리는 곧 깊은 생각에 빠져버렸다.

– 아, 그 시대에 눈 수술이라니… 장난 아니게 무서웠을 것 같지 않냐?

– 글쎄… 어쨌든 그 후로는 의술이 많이 발달했으니까.

★ ★ ★

성적표를 받은 날. 나는 마리네 집에 가자마자 내 성적표를 보여주었다. 마리와 함께 공부한 덕분에 내가 얼마나 발전을 했는지! 마리가 꼭 알아야 했다.

- 축하 파티 하자!

부엌으로 내려간 마리가 주스와 비스킷을 준비했고, 우리는 곧 거실로 갔다.

- 거기 소파에 앉아.

그렇게 말한 마리는 첼로를 꺼냈고 활에 송진을 열심히 발랐다. 보면대 위에는 알 수 없는 표가 가득한 악보가 펼쳐져 있었다. 아, 마리는 저걸 어떻게 읽는 걸까? 이윽고 마리는 첼로를 다리 사이에 끼더니 연주를 하기 시작했다. 첼로 현을 부술 듯이, 아니 슥삭슥삭 톱질을 하듯이 활을 내리치며 연주를 했다. 도대체 이게 무슨 곡인지… 어떤 리듬에 어떤 멜로디인지 전혀 알 수가 없었다. 이런 음악은 익숙하지 않았기 때문이다. 하지만 나는 조금씩 깨어나기 시작했고, 마리의 연주에 내 모든 것을 맡겼다. 그렇게 시간이 흘렀다. 마리는 가끔 악보를 넘기거나 주스를 마시기 위해 연주를 멈췄다. 활이 움직일 때마다 찰랑거리는 머리, 그런 마리가 참 예뻐 보였다.

마리가 연주를 마쳤을 때는 한참 시간이 지난 후였다. 도대체 몇 곡이나 들은 걸까, 머리가 멍멍해지고 다리가 후들거렸다.

- 공부하기엔 너무 늦은 것 같지 않아? 공원에 가서 산책이나 할까? 오늘은 좀 쉬어도 되잖아.

마리네 집은 거대하고 적막했다. 마치 버려진 집과도 같았다.

그러고 보니 너희 부모님을 본 적이 한 번도 없다고 하자 마리가 대답했다.

- 응, 우리 부모님은 항상 늦게 퇴근해. 한번 식사 같이 하자고 말해볼게.

공원 밖으로 나오자 벌써 해가 뉘엿뉘엿 지고 있었다. 쌍둥이 형제와 연습하기로 했는데… 틀림없이 늦겠지? 뭐, 할 수 없다.

- 어떻게 첼로를 배우게 됐어? 그게 자연스럽게 배우게 되는 건 아니지 않나…

- 세 살 때던가, 활에 송진을 바르는 한 음악가를 본 적이 있어. 그 동작이 얼마나 우아하고 멋져 보이던지… 나도 현악기를 다루고 싶다는 생각을 했지. 우리 부모님은 그림보다 음악에 더 관심을 갖는 나를 보고 조금 실망하셨던 것 같아. 그래도 결국에는 나에게 열정이 있는 걸 보고 기뻐하셨어. 진짜 열정 말이야… 그것 없이는 살 수 없는 그런… 예를 들어 네 친구 아이쌤에게 있어서는 체스나 수학 같은 거야.

나는 너무 놀라 넘어질 뻔했다. 그걸 본 마리가 웃으며 말했다.

- 너희 둘이 수위실에 있는 걸 봤어. 그나저나 네 친구 아이쌤 말인데… 정말 똑똑해 보여.

- 응, 정말 똑똑한 친구지.

나는 마치 아이쌈의 지적 능력을 평가할 자격이 있는 사람처럼 사뭇 심각하게 말했다. 그리고 덧붙였다.

- 그런데 난 달라, 난 뭐 제대로 할 줄 아는 게 없어. 〈삼총사〉를 다 읽으려면 10년도 넘게 걸릴 거야, 아마. 체스는 절대 못배울 거고, 악보 보는 것도 나한테는 불가능해. 뭐가 그렇게 복잡한지…

- 뭐가, 음표가?

- 응… 난 뭐가 뭔지 하나도 모르겠더라.

이제 마리와 헤어져야 할 시간. 나는 마리에게 말했다.

- 너에게 너무 고마운 마음인데, 이걸 어떻게 갚아야 할지 모르겠어. 만일 네가 도와주지 않았다면 난 완전 끝장이었을 거야… 그런데 지금은 희망 같은 걸 갖게 됐어. 아주 작긴 하지만 그래도 그게 어디야… 그리고 럭키 루크도… 이젠 나를 좀 봐주는 것 같아.

갑자기 마리의 표정이 어두워졌다. 한 손으로 머리카락을 돌돌 말지를 않나, 얼굴이 벌겋게 상기가 되질 않나… 뭔가 이상했다.

- 나한테 고맙다면 얼마든지 갚을 방법은 있어. 네가 상상하는 것 이상일걸…

뭐지, 이 알쏭달쏭함은? 하지만 나는 더 이상 마리에게 묻지 않기로 했다. 꼬치꼬치 캐묻는 건 내 스타일이 아니다. 그러자 마리가 말했다.

- 서둘러야겠어! 이러다 첼로 레슨 늦겠다!

- 레슨? 아직도 배워?

마리는 갑자기 멈춰 서더니 말했다.

- 당연히 계속 배워야지. 올해 말에 아주 중요한 시험이 있거든. 내 인생에 있어 가장 중요한 시험이야.

- 그 시험이 왜 그렇게 중요한데?

- 시험에 합격해야 예술고등학교에 입학할 수 있거든. 공부와 연주를 병행할 수 있는 그런 학교야.

★ ★ ★

마리와 헤어지고 집으로 가는 길. 가슴이 막 벅차오르는 것이 금방이라도 뻥 하고 터질 것만 같았다. 공원 옆으로 난 길을 걷는데 바닥에 티티새 한 마리가 떨어져 있는 것이 보였다. 바들바들 떨면서 주둥이는 헤 하고 벌린 것이 도움을 청하는 것 같았다. 티티새는 뻥 하고 터질 것만 같던 내 가슴과 닮아 보였다. 나는 티티새를 조심히 들어 올렸다. 내 손 안에 웅크린 생명을 안고 미친 듯이 달렸다.

집에 도착하니 이미 쌍둥이 형제가 와 있었다. 그래도 일단 새를 살려야 했다. 나는 신발 상자에 수건을 넣어 티티새의 침대를 만들었다. 그리고 우유에 적신 식빵도 주었다. 하지만 티티새는 별 관심이 없는 듯 보였다.

이미 연습 준비를 다 해놓은 에티엔과 마르셀은 우리 아빠와 파나르 엔진에 대해 이야기를 나누고 있었다.

- 뭐야, 이제야 오냐? 우리 지금 막 집에 돌아가려고 하고 있었는데.

나는 티티새 때문에 늦었다고 변명을 했다. 그리고 새를 구하는 데 쌍둥이 형제도 개입시키기로 했다. 티티새가 아무것도 먹지 않는 이유를 너희들은 아느냐고 쌍둥이에게 물었다. 그랬더니 에티엔이 대답했다.

- 단식투쟁 뭐 그런 건가?

나는 곧 전자기타를 가져와 조율을 했다.

에티엔이 곡을 썼고 나는 거기에 가사를 붙였다. 연주가 시작되었지만 도통 나는 집중할 수가 없었다. 내가 들고 있는 게 기타인지 드릴인지 알 수가 없었다. 쌍둥이 형제는 똥폼이란 똥폼은 다 잡으며 몸을 비틀어댔다, 어디서 본 건 있어서. 이들은 나와는 달랐다. 나처럼 품격 넘치는 음악의 세계에 아직 입문을 못 했기 때문이다. 우리는 그렇게 녹음을 마쳤다. 녹음한 곡을 여러 기획사에 보낼 예정이었다. 살짝 걱정되는 점이 있다면 바로 이것이었다. 쌍둥이 녀석들이 학교 방방곡곡에 녹음한 사실을 알리면 어떻게 하지? 마리가 알게 되면 난 어떡하지? 마리 앞에서 연주를 하느니 두 손목을 자르는 편이 낫겠다 싶었다. 그래서 나는 쌍둥이들에게 말했다, 당분간 이 모든 것은 비밀로 하자고. 안 그러면 괜히 애들이 우리를 질투할 거라고. 하지만 쌍둥이들은 내 생각에 동의하지 않았다.

- 여자애들한테 잘 보이려면 우리가 음악을 한다는 사실을 알려야지!

에티엔의 말이었다…

연습을 마치고 밖으로 나오자 깜깜하고 서늘했다. 하지만 하늘에는 수많은 별이 반짝이고 있었다. 마리는 아직도 첼로를 만지고 있겠지? 하는 생각이 들자 얼른 음악원으로 가서 마리를 보고 싶었다. 나는 에티엔과 마르셀에게 말했다, 나 수학 숙제 해야 해. 내일까지잖아.

결국 에티엔과 마르셀은 자전거를 타고 집으로 갔고, 나는 티티새를 돌봐주러 방으로 올라갔다. 티티새의 부리 쪽에 빵 조각을 놓아주었다. 그랬더니 글쎄… 물론 내 생각이지만… 티티새가 나를 보고 미소를 짓는 것 같았다!

밤에 수학 공부를 하려고 책상에 앉았지만 이게 이게 생각보다 쉽지 않았다. 왜냐, 그날 오후에 마리와 공부를 하지 않았기 때문이다. 별이 세 개나 달린 수학 문제. 별이 많이 달릴수록 어렵다는 뜻이었다. 아주 오랫동안 문제를 째려보며 답을 생각해냈다. 정말 힘들었다. 하지만 마리를 떠올리며 절대 포기하지 않으리라 다짐했다. 첼로가 아주 힘들고 저항적인 악기지만 마리는 끝까지 포기하지 않고 연주를 하지 않았는가! 그런 의지로 문제와 싸웠더니 결국 여기저기로 화살표가 날아가는 이상하고 야릇한 도표가 완성되었다.

내일은 수학 숙제만 있는 것이 아니었다. 시 한 편도 외워 가야 했다. 아주 슬픈 시였다. 죽기 직전인 늙은 시인이 쓴 아주 슬픈 시. 시인의 이름은 피에르 드 롱사르였다. 시는 이렇게 시작된다, '이제 나는 뼈만 앙상하게 남았소.' 그리고 이렇게 끝난다, '동지여, 영원히 안녕. 내 먼저 가서 그대들의 자리를 마련해둠세…'

나는 연습 삼아 아빠에게 가서 외운 시를 읊어보았다. 마지막 구절에 가서는 마치 내가 막 죽을 것처럼 눈을 지긋이 감고 감정을 팍팍 넣어 읊었다.

- 장난 아니다, 애들한테 이런 시를 가르친단 말이야? 롱사르, 이 사람 뭐니? 몇 세기에 걸쳐 사람들을 우울하게 만들다니!

아빠의 말에 나는 이렇게 대답했다.

- 아빠, 인생에는 항상 즐거운 일만 있는 게 아니야. 음악도 밝은 음악만 있는 게 아니거든? 아, 에티엔이랑 마르셀이랑 하는 그 연주를 말하는 게 아니고… 음… 첼로, 첼로 음악을 말하는 건데… 진짜 음악은 뭐랄까 아주 슬퍼. 하지만 듣고 나면 묘하게 기분이 좋다고 해야 하나?

아빠는 이건 또 무슨 시추에이션? 하는 표정으로 나를 쳐다봤다.

- 세상에나 세상에나! 아들아, 너 진짜 똑똑해지고 있는 거 아니냐 혹시?

나는 아빠의 말에 깜짝 놀랐다. 아, 어쩌면 저렇게 내가 생각했던 것과 똑같은 말을 할 수 있지? 물론 내 입으로 직접 말하진 않았다. 너무 잘난 척하는 것 같지 않나 싶어서…

제 6 장

다음 날 아침. 간밤에 눈이 내려 세상이 새하얬다. 결근 교사 목록을 보니 꽤 많은 선생님들이 밤새 내린 눈에 발이 묶인 것 같았다. 첫 수업 선생님도 결근이라고 아이쌤이 말해주었다. 아이쌤은 나에게 수위실로 가자고 했다. 밖에서는 아이들이 눈싸움을 하고 있었다. 마리가 어디에 있나 찾아보았지만 보이지 않았다. 운동장에 애들이 만들어놓은 눈사람이 보였다.

나는 아이쌤에게 어제 푼 수학 문제를 보여주었다.

- 이걸 너 혼자서 했어?

아이쌤이 물었다.

- 응!

나는 아주 자신 있게 대답했다.

- 아, 그래서 그렇구나…

아이쌈의 말에 나는 생각했다. 아이쌈이 다 아는 건가? 마리와 함께 공부하고 있다는 사실을 알아챘나? 이놈한테는 그 무엇도 숨기려고 해서는 안 되는 거였어… 그래, 안 되는 거였어.

- 왜? 틀렸어?

- 응. 완전 제대로. 근데 좀 웃기다. 아니, 좀 웃긴 게 아니라 많이 웃겨. 자, 이게 정답이야. 베껴.

아이쌈과 나는 교실로 들어갔다. 나는 눈인사를 하고 옆에 앉았다. 선생님이 출석을 부르는 동안 마리가 내 귀에 대고 속삭였다.

- 너, 수학 숙제 했어?

- 응.

- 안 어려웠고?

- 어려웠지만 최선을 다했어.

- 보여줘봐.

나는 잠시 망설였다. 하지만 마리에게 '너무나 간절히 정말로 무슨 일이 있어도' 보여주고 싶었다. 결국 아이쌈의 정답을 고대로 베낀 내 숙제를 마리에게 보여주었다.

- 와, 잘했네! 어쩜 실력이 이렇게 빨리 늘 수가 있지? 더 이상 내가 필요하지 않겠는데?

- 아니야. 이제 막 시작인데. 그 어느 때보다 네 도움이 필요

해.

나는 얼굴이 빨개졌다. 아이쌤 숙제를 베낀 걸 보여줘서 얼굴이 빨개졌고, 마리의 도움이 필요하다는 급고백에 얼굴이 빨개졌다.

나는 아이쌤 쪽으로 고개를 돌렸다. 아이쌤이 나를 보며 웃고 있었다. 빙긋 웃는 아이쌤이 눈사람을 닮았다고 생각했다.

★ ★ ★

쉬는 시간이 거의 끝나갈 무렵. 마리와 나를 찾는 학교 방송이 들려왔다. 얼른 학생주임 사무실로 오라는 것이었다!

— 문제가 생겼다.

이것이 마리와 나를 본 전설의 무법자 럭키 루크의 말이었다.

— 문제라니요?

마리가 물었다. 나는 되도록 말을 하지 말아야겠다고 생각했다.

— 응, 문제가 생겼다. 하지만 너희들이 잘못해서 그런 게 아니다. 어쨌든 마리, 네 잘못은 아니다. 반면 빅토르 너…

— 옙!

— 우선 나에게 맹세를 하나 해야겠다.

- 무슨 맹세요?

- 운동장에 눈사람을 만든 게 네가 아니라는 맹세.

- 아, 그거야 얼마든지요! 애들이 눈사람 만들 때 저는 아이 쌤이랑 같이 수위실에 있었어요.

- 그래, 그렇구나. 어쨌거나 저쨌거나! 누군가 운동장에 눈사람을 만들어놓았다. 남자 눈사람 하나, 여자 눈사람 하나.

럭키 루크는 뭐 대단한 일이라도 하듯 사뭇 오버스러운 몸짓으로 사무실의 커튼을 젖혔다. 저기 보이는 눈사람, 당근을 박아놓긴 했는데… 문제는 코가 있어야 할 자리에 당근이 있는 게 아니고 다른 곳에 꽂혀 있다는 것이었다… 그리고 그 옆은 당근 대신 자몽 두 개가 박힌 걸로 봐서 영락없는 여자 눈사람이었다.

- 와우! 남자, 여자 확실히 구별을 했네요.

전설의 무법자는 다시 커튼을 닫고 자리로 돌아와 앉았다.

- 선생님, 죄송한데요… 왜 저 눈사람 때문에 저희를 부르신 건지 아직도 모르겠는데요?

마리가 물었다.

- 그게 그러니까… 저 두 눈사람 목에다 누가 팻말을 걸어 놨더라는 것이다.

전설의 무법자 럭키 루크는 팻말 두 개를 꺼내 보여주었다.

거기에는 이렇게 쓰여 있었다.

'빅토르와 마리'

그걸 본 마리가 웃음을 터뜨리며 나에게 물었다.

- 세상에 누가 이런 짓을 했을까? 너는 알겠니?

당연히 알고말고. 하지만 전설의 무법자 럭키 루크와 마리 앞
에서는 아무 말도 하지 않기로 했다. 마리는 웃음을 멈출 수 없
는 모양이었다. 조금씩 잦아들다가 다시 빵 하고 터졌다.

- 이제 학교 전체에 소문이 낫겠네요!

나는 화가 잔뜩 나서 말했다. 그러자 럭키 루크가 아주 상냥
하게 말했다.

- 다 애들 장난이다, 빅토르. 그러니 너무 걱정하지 마. 단, 범
인을 찾아내기만 한다면 내가 가만두지 않겠다.

- 예, 샘… 저도 자존심이 있지 않겠습니까, 샘. 선생님의 권
위를 한번 믿어보려 합니다…

럭키 루크는 요것 참 재미있네? 하는 표정으로 나를 쳐다봤
다. 그리고 사무실 밖에까지 함께 나와 배웅해주었다. 마치 마
리와 내가 중요한 사람들인 것처럼 말이다. 마리는 얼른 가봐
야 한다고 했다. 가서 헬렌 켈러에 대한 발표를 준비해야 한
다고.

73

럭키 루크는 마리에게 얼른 가서 발표 준비를 하라고 했다. 하지만 나는 계속해서 붙들고 놔주질 않았다. 덕분에 나는 프랑스어 시간에 지각을 하고 말았다. 하지만 요즘 들어 부쩍 오른 성적과 적극적인 학업 태도 덕분인지 선생님은 별다른 말을 하지 않았다.

내가 자리에 앉자 마리는 헬렌 켈러에 대한 발표를 시작했다. 평범하지만 아주 깜찍했던 소녀, 헬렌 켈러. 한 살 반이 될 때까지 헬렌 켈러는 행복한 아기였다고 했다. 하지만 그 어린 나이에 몹쓸 병에 걸리고 마는데! 그 후 보지도 듣지도 못하게 되었다. 이렇게 말하니 참 간단해 보인다. 아직 덜 큰 우리 반 남자애들은 이런 이야기를 듣고 오히려 웃기다며 떠들어멜 가능성도 짙었다. 하필 마리는 왜 이렇게 위험 부담이 큰 발표 주제를 택했을까 하고 생각해 보았다. 하지만 내 걱정도 잠시, 카리스마 넘치는 마리의 발표에 닭살이 다 돋았다. 그리고 남자애들도 입 뻥긋 하나 하지 않았다. 마리는 발표 중간중간에 첼로 연주를 하기도 했는데, 바로 헬렌 켈러의 마음 상태를 표현하기 위한 것이라고 했다. 보지도 듣지도 못하는 암흑 속에 산다는 것이 어떤지 우리로 하여금 느껴볼 수 있는 기회를 마련하는 것이라고. 마치 짙은 어둠 속에서 첼로가 아우성치는 느낌이었다. 가끔 첼로의 현은 끼이익 하고 미끄러지기도 했다. 얼마 후, 헬렌 켈러의 부모님은 딸을 위해 특별한 교사를 고용했다. 그 선생님 덕분에 헬렌 켈러에게 놀라운 일이 벌어지기 시작했다. 헬렌 켈러가 부모님의 손에 글을 '치기' 시작했던 것이다. 어린 헬렌 켈러가 아빠의 손바닥에 '아빠'라고 치자 그 아빠는 그만 울음을 터뜨렸다고 한다.

원래 이런 이야기를 들으면 우리 반 남자애들은 괜히 낄낄대고 웃는다, 아직 어려서 그런 것. 그런데 이게 웬일? 남자애들이 잠자코 마리의 이야기를 듣고만 있다. 여자애들은 말할 것도 없었다. 모두의 눈이 마리의 입과 첼로 활에 고정되어 있었다. 가끔 마리는 마치 속삭이듯 목소리를 낮추기도 했다. 마리가 무슨 말을 하는지 알기 위해서는 마리의 입을 뚫어지게 쳐다볼 수밖에 없었다. 나는 이미 눈치챘다. 우리가 헬렌 켈러의 어려움을 직접 경험해 보도록 하기 위한 마리의 작전이었던 것이다! 헬렌 켈러와 선생님은 노력에 노력을 거듭했다. 그리고 결국 헬렌 켈러는 또래의 여학생이 시도조차 해볼 생각을 못했던 시험에 합격하게 된다. 그 후 헬렌 켈러는 곳곳을 돌아다니며 사람들을 가르쳤다고 한다. 듣지도 보지도 못하는 아이들을 도와줘야 한다고, 그들에게 동정심을 갖고 이해해야 한다고 말이다.

마리가 발표를 마치자 마침종이 울렸다. 우리는 모두 멍멍한 상태로 교실을 나섰다.

그렇게 운동장으로 나간 아이들은 눈사람 주위로 빙 둘러 섰다. 나는 마침 쌍둥이 형제와 이야기를 나누었다. 그런데 누군가 나에게 눈덩이를 던지는 것이 아닌가. 코를 정통으로 맞았는데 마치 돌을 맞은 것처럼 너무나 아팠다. 그리고 하얀 눈 위로 코피가 뚝뚝 떨어지기 시작했다. 그때 눈사람 옆에서 키득거리고 있는 남자애 하나가 보였다. 3학년 애였는데 괜히 어슬렁거리며 힘자랑을 하는 그런 놈이었다. 우리 록 그룹에 끼워 달라고 사정을 했으나 결국 나는 거절했고, 그 이후로 나에게 앙심을 품은 놈이기도 했다. 다행히 여태까지는 놈을 피해 다니는 데 성공했고, 혹시 모르는 마음에 언제든지 방어할 자세가 되어 있었다.

그리고 이제야 모든 수수께끼가 풀리는 느낌이다. 눈사람! 저놈의 짓이 틀림없다. 바로 럭키 루크에게 가서 말할까 생각했다. 바로 그때, 이 바보 같은 놈이 나와 마리에 대해 이상한 말을 하는 게 아닌가! 부르르르르! 내 몸 저 깊은 곳에서부터 화가 솟아오르는 느낌. 갑작스러운 온난화 현상이 이런 것인가.

나는 놈이 있는 곳을 향해 무조건 달렸다. 아이쌤이 나서서 나를 멈추려 했고, 에티엔은 '야, 참아!' 하고 소리쳤다. 하지만 다 소용없었다. 미친듯이 달려 놈을 덮친 것이다.

놈은 도살장에 끌려가는 돼지마냥 꿰엑꿰엑 소리쳤다. 가까이서 보니 놈의 얼굴이 온통 여드름투성이다. 아, 징그러워라. 놈과 나는 바닥을 굴렀다. 그때 놈의 귀가 보였고, 나는 주저 없이 그의 귀를 꽉 깨물었다. 놈이 소리쳤다, 끼아아아아악!

- 내 귀! 이놈이 내 귀를!

- 그러는 너는! 내 코뼈는 물론 이까지 하나 부러뜨렸잖아!

물론 조금의 과장을 덧붙인 건 사실, 하지만 놈이 나에게 한 짓을 만천하에 알리고 싶었다. 결국 사람들이 우리 둘을 떼어 놓았다. 놈은 학생주임의 손에 이끌려 보건실로 향했고, 나는 아이쌤을 따라 수위실로 갔다. 아이쌤의 아버지가 내 코에 솜을 넣어주셨다.

전설의 무법자 럭키 루크가 나를 찾아 수위실까지 왔다. 우리는 함께 럭키 루크의 사무실로 향했다.

아침에는 마리와 함께 왔었는데… 여하튼 그 자리에 또다시 앉게 되었다.

- 운이 좋았다.

- 아, 예… 이것도 운이라면 뭐…

나는 눈으로 콧속의 솜을 가리키며 대답했다. 덕분에 사시 눈이 되었다.

－ 다행히 마리가 교장 선생님한테 가서 모든 걸 다 설명해드렸다. 안 그랬으면 넌 당장 퇴학이었는데 말이다…

－ 마리가 그랬어요?

－ 응. 그리고 이걸 보여주면서 네가 폭력을 쓸 수밖에 없었다고 하더구나, 이게 눈 덩어리 속에 있었다고.

전설의 무법자 럭키 루크는 나에게 손을 내밀어 보였다. 그의 손에는 돌멩이가 하나 들려 있었다. 엄청 큰 돌멩이였다.

－ 정당방위 아닙니까?

－ 음, 그렇다고 할 수 있겠지. 대신 귀를 깨문 것에 대해서는 벌을 받아야 할 거다.

★ ★ ★

집에 돌아온 나는 아무 생각이 없었다. 그래도 티티새 돌보는 것은 잊지 않았다. 신발 상자에 놓아준 빵 조각이 조금 없어진 것 같았다. 정말 다행이었다! 아무도 없을 때 조금씩 먹은 게 틀림없었다. 나는 티티새를 조심스레 손에 올렸다. 마치 이동이 가능한 심장을 들고 있는 느낌이었다. 가벼우면서도 무거운 느낌, 뭐라고 말로 설명할 수 없는 그런 느낌이었다. 나는 아빠가 건네준 아스피린 한 알을 먹고 소파에 누웠다.

　대체적으로 바쁜 하루를 보냈음이 틀림없었다!

제 7 장

　학교에 내 소문이 자자했다. 솔직히 명예를 지키기 위해 귀를 깨물어 뜯는 일이 흔치는 않으니까. 다행히 큰 사고는 아니었다. 몇 바늘 꿰매고 2주 동안 커다란 반창고를 붙이고 다닌 게 끝이었으니 말이다. 그래서 나는 놈을 반 고흐라고 부르기로 했다. 자신의 귀를 자른 유명한 화가 반 고흐 음하하하! 물론 마리와 나의 관계에 대해 소문이 무성한 것도 사실이었다. 이미 결혼을 했고, 아이를 셋이나 낳고(!), 큰 집에서 알콩달콩 살고 있다나 어쩐다나. 하지만 아이들은 감히 나나 마리를 괴롭히지 않았다. 어쨌든 직접 대놓고 놀리지는 않았다. 왜냐고? 그들은 알고 있었다, 내가 어떻게 반응을 할지.

　어느 날인가 아이쌤은 기분이 좋으면서도 왠지 알쏭달쏭한 말을 꺼냈다.

- 마리 있잖아… 어쨌든 좀 대단한 것 같아.

아이쌤은 나를 보며 미소를 지었다. 가까이 있는데도 뭔가 멀리 있는 듯한 아이쌤의 표정. 나는 궁금해서 물었다.

- 뭐가 대단한 것 같다는 거야?

- 그거 아냐? 모기도 사자처럼 울부짖을 때가 있다는 걸?

나는 멍한 눈으로 아이쌤을 쳐다봤다.

- 뭐라는 거냐?

- 마리 얘기를 하고 있는 거야. 마리 덕분에 네가 더 살아 있는 느낌이랄까?

아이쌤은 늘 그랬다. 아무도 생각하지 못한 것을 아이쌤은 생각해냈다. 그리고 그 깊은 속을 제대로 표현할 만한 단어를 찾아내곤 했다. '마리 덕분에 네가 더 살아 있는 느낌이랄까?' 바로 이거다! 내가 속으로 느끼고 있던 것이 바로 이거다! 아빠 말마따나 더 똑똑해진 것이 아니었다. 솔직히 나도 내가 더 똑똑해졌다고 생각했었다. 그런데 그게 아니었다. 더 '살아 있는' 것이었다! 살아 있는 것이 똑똑한 것보다 더 중요하다.

★ ★ ★

나의 학습 태도는 점점 좋아졌고 성적도 쑥쑥 올랐다. 예전에는 뭐가 뭔지 몰랐던 과목들도 이제는 이해할 수 있었다. 수업에 참여하는 건 물론이고 선생님의 질문에 대답도 했다. 물론 이게 다 마리 덕분이었다. 마리는 수업이 끝나고 내 공부를 봐주며 많은 걸 가르쳐주었던 것이다. 하지만 그 누구도 이 사실을 알지 못했다. 단, 아이쌤은 조금 의심을 하는 것 같기도 했다.

금요일 오후 체육 시간. 얼마간 나에게 일어난 많은 변화에 대해 곰곰이 생각해보았다. 마침 오래달리기를 하는 날이었기 때문에 생각하는 시간을 가질 수 있었다. 오랫동안 뭔가를 하다 보면 어떤 것에 대해 고심하게 된다, 이게 내 생각이었다. 그래서 오늘만큼은 늘 그랬듯이 선생님 몰래 나무 뒤에 숨지 않기로 했다. 대신 달리는 것이다! 힘들어도 달리자. 나는 아이쌤이 계속 잘 뛰고 있는지 보기 위해 간혹 뒤를 돌아다보기도 했다. 땀에 범벅이 된 아이쌤이 숨이 찬지 헥헥거리고 있었다. 아, 저렇게 보니 불쌍해 보인다. 그래도 용기를 주기 위해 나는 아이쌤에게 미소를 날려 보냈다.

드디어 마지막 코너! 날쌔게 달려서 저 코너를 돌아야지 하는데 트랙 안쪽에 난 잔디 위를 걷고 있는 마리가 보이는 것이 아닌가. 마리는 내 반대 방향으로 걷고 있었다. 나는 마리에게 손을 흔들어 인사를 했다. 그런데… 씹혔다. 분명 나를 봤는데 왜, 도대체 왜? 내가 혹시 뭘 잘못했나 생각해보았다. 아니면 반 고흐 이놈이 또 뭐라고 했나? 만일 그랬다면 나머지 한쪽 귀도 확 깨물어버릴 생각이었다. 그러면 모든 일이 해결될 것이다.

체육 수업이 끝나자마자 나는 얼른 옷을 갈아입고 마리를 향해 돌진했다. 그리고 물었다.

- 너, 혹시 화났나?

- 아니? 왜?

- 아까… 네가 옆으로 지나가길래 인사를 했는데… 씹었잖아.

나를 보는 마리의 눈빛이 뭔가 이상했다. 투명하면서도 흐릿한 그런 눈빛? 자연사 박물관에서 본 박제 동물의 눈이 생각났다. 마리가 갑자기 주머니에서 뭔가를 꺼냈다. 작은 선물 상자였다.

- 자, 생일 선물. 봤지? 나 화 안 났어.

아, 내 생일이었구나! 까맣게 잊고 있었다. 세상에 내가 벌써 열다섯 살이라니! 무척이나 감격스러웠다.

- 열어봐.

내가 제일 좋아하는 파나르 다이나 1954년형 미니 피규어! 자동차에 대해 굉장한 식견을 갖고 있지 않고서야 절대 알 수 없다는 전설의 자동차! 너무나도 아름다운 미니카였다. 나는 마리를 쳐다보았다. 아, 눈물이 왈칵 쏟아질 것만 같았다.

- 마음에 들어?

아, 그만 그만. 안 그러면 울어버릴지도 몰라. 마리야, 그만.

나는 겨우 정신을 차리고 우물우물 말했다.

- 어…엉… 이러… 이렇게 마음에 드는… 그런 선물은 처…처음이야. 너 그거 알아? 이 차를 만들 때 엔지니어들이 아주 큰 실수를 한 거? 여기 보이지, 크롬 도금이 들어간 재떨이. 이게 차창에 반사되는 바람에 이 차를 사는 사람이 별로 없었대…

- 겨우 재떨이 때문에? 칫… 아, 참! 우리 부모님이 내일 점심 식사에 너를 초대했어.

★ ★ ★

아빠는 다이나 미니카를 조심스럽게 들어올려 요리조리 살폈다.

- 완전 진짜 같은데? 그대로 크기만 줄여놓은 것 같아. 이것 봐, 보닛 아래에 달린 라이트까지! 네 친구는 이런 걸 어디에서 구했다니? 명품 컬렉션감인데?

이 자랑스러운 마음과 벅찬 가슴, 금방이라도 뻥 하고 터질 것 같았다.

- 참, 아빠도 선물 하나 준비했어. 미니카만큼 멋진 건 아니

지만 그래도…

아빠는 종이 가방 하나를 내밀었다.

- 선물 포장을 하려고 했는데 잘 못해서 그냥 가방에 넣었
어. 열어봐.

아빠의 선물은 옛날식 면도 세트였다. 면도기, 면도솔, 거
품 비누, 애프터 쉐이브 스킨까지! 나는 아빠의 선물에 살짝
놀랐다.

- 고마워, 아빠! 이렇게 멋진 선물을 다!

- 마음에 드니?

- 응!

- 가서 한번 해봐. 저녁에 면도하는 남자들도 꽤 많단다.

나는 곧 욕실로 향했다. 그리고 듬성듬성 난, 굳이 이걸 수염
이라고 부를 수 있을까 싶은 털 몇 개를 면도기로 밀었다. 지금
은 이렇지만 나중에는 수염이 많이 자라겠지? 면도를 하고 나
서는 애프터 쉐이브 스킨을 발랐다. 꼭 필요한 건 아니었지만
그래도 발라보고 싶었다. 그렇게 상쾌하고 깨끗한 모습으로 욕
실을 나서는 나! 깔끔하게 면도를 한 남자의 모습이란!!! 아빠
는 그런 나를 사뭇 심각한 표정으로 쳐다보았다.

- 유대인들 문화에서는 열다섯 살이 되면 성인인 거 아니?

- 우리는 유대인이 아니잖아.

내 대답에 아빠는 잠시 생각하더니 말했다.

- 그렇긴 하지. 어쨌든 열다섯 살이라는 나이는 유대인이든 아니든 진짜 남자가 되기 시작하는 그런 나이야.

- 음… 그런 것 같아.

갑자기 마리가 생각났다. 내 인사를 가볍게 씹어버렸던 마리.

- 아빠?

- 오냐.

- 누군가를 사랑하는 건 어떤 느낌이야?

아빠는 내 질문이 민망하고 어색한지 괜히 가래 끓는 소리를 내더니 대답했다.

- 그게, 그러니까… 잠깐, 생각 좀 해보자… 그러니까 뭐랄까, 유배 생활이 끝난 그런 느낌?

- 자기 나라에서 쫓겨나 사는 거?

- 자기 나라일 수도 있고, 자기 자신일 수도 있고… 아빠 말 이해하니?

- 당연히 이해하지. 아빠는 나를 바보로 아나 봐? 그런데 말이야… 뭐 하나 걸리는 게 있긴 해. 사랑이라는 감정 말이야… 나이가 어떻든 다 같은 감정을 느끼나?

- 나이가 어떻든 다 같은 감정을 느끼지. 딸기밭에 폭탄이 떨어지는 그런 느낌이야. 여기서 딸기는 너고!

＊ ＊ ＊

　- 아, 정말? 어머, 진짜?

　이게 도대체 몇 번째 아, 정말, 어머, 진짜인가! 나는 아빠에게
서 배운 파나르 다이나 54년형 자동차 메커니즘에 대해 마리에
게 설명해주었다. 하지만 마리는 영혼 없는 아, 정말, 어머, 진짜
만 계속해서 읊어댈 뿐 별로 관심을 갖지 않았다.

　나는 마리네 엄마께 드릴 꽃다발을 들고 있었다. 오전 내내
가방 속에 숨겨놨었기 때문에 꽃다발이 접혀 있었다. 진짜 꽃
이 아니라 가짜 꽃을 산 것이 정말 다행이었다. 조화는 더 비싸
긴 하지만 망가지지 않는다는 장점이 있다. 그리고 왠지 특이
하지 않은가? 진짜든 가짜든 꽃을 받으면 기분은 좋을 거라고
생각했다. 마리와 나는 마리네 동네로 향했다. 동네 공원에 이
동식 놀이공원이 열릴 모양이었다. 사람들이 놀이기구를 설치
하고 있었다.

　- 봤어? 놀이동산이 생기나 봐!

　마리는 별로 관심이 없다는 듯 행동했다. 햇빛에 반사되어 반
짝이는 머리카락과 여기에 가려 잘 보이지 않는 마리의 얼굴.
뭔가 숨기고 있는 게 분명했다.

　- 왜 그래? 너 혹시 울어?

- 아, 이거… 꽃가루 때문이야.

- 곧 크리스마스인데 웬 꽃가루?

마리는 그저 웃기만 했다. 마리의 찡그린 미소.

이윽고 마리가 말했다.

- 우리 헬렌 켈러 놀이 할래?

여기서 헬렌 켈러 놀이라 함은! 눈을 감은 한 명이 다른 한 명의 목소리에 의지해 움직이는 그런 놀이였다.

마리는 두 눈을 감고 두 팔을 앞으로 뻗어 걷기 시작했다. 마치 몽유병 환자 같았다. 나는 얼른 마리의 뒤를 따라가며 말했다.

- 조심해, 앞에 우체통이 있어. 살짝 왼쪽으로. 그래 앞으로 직진… 잠깐, 조심! 앞에 개똥이 있… 아, 너무 늦었네… 어쩔 수 없지, 계속 직진.

★ ★ ★

마리와 나는 벤치에 앉아 잠시 쉬었다 가기로 했다. 아저씨 몇 명이서 페탕크 놀이를 하고 있었다. 하늘은 진회색인 것이 곧 눈이라도 쏟아부을 듯한 기세였다. 그때 마리가 말했다.

- 이제 이렇게 노는 것도 지겨워졌어. 너한테 꼭 말을 해야

지 싶었어…

- 그럴 줄 알았어.

- 그럴 줄 알았다고?

- 응, 내가 항상 너를 쫓아다니는 것도 이제 지겨울 때가 됐다고 생각했어. 나는 아는 것도 별로 없잖아. 음악을 알기를 해, 첼로에 대해 뭘 알기를 해… 〈삼총사〉도 겨우 몇 장밖에 못 읽었어… 그것도 묘사가 나온 부분은 건너뛰어서 그런 거…

- 너는 옛날 차에 대해서 잘 알잖아. 우리 학교에서 너만큼 차에 대해 잘 아는 애는 없을걸?

- 옛날 자동차에 대해서 아는 게 무슨 소용이 있냐? 이젠 존재하지도 않은 그런 차인데… 그리고 진짜 전문가는 내가 아니고 우리 아빠야. 아이쌤은 체스 전문가이자 남들과 늘 멀리 떨어져 지내는 데 전문가지! 너는 또… 너는… 너는 모르는 게 하나도 없잖아? 나는 뭐야, 할 줄 아는 것도 없어, 아는 것도 없어. 아유 쪽팔려, 정말.

- 걱정 마. 곧 네가 얼마나 필요한 사람인지 알게 될 기회가 올 거야. 그게 있잖아, 그러니까… 야, 내 말 듣고 있어?

- 응, 듣고 있어.

아주 심각하고도 중요한 순간인 것 같았다. 아빠가 나에게 면도를 권했을 때와 비슷한 그런 순간이랄까? 몸과 마음을 단정

89

히 해야 할 것 같았다. 그래서 얼른 바지 지퍼를 잘 채웠는지 확인했다. 마리가 내 눈을 뚫어지게 쳐다보며 말했다.

– 그게 그러니까⋯ 너 내가 지난달에 며칠 결석했던 거 기억해? 할머니가 편찮으셔서 다녀와야 한다고 했었잖아.

솔직히 나는 기억이 나지 않았다. 하지만 그게 중요한 게 아니었다.

– 기억나. 할머니를 뵈러 간 게 아니었어, 그럼?

– 응, 실은 나 병원에 있었어. 안과 치료 때문에.

그때 갑자기 어제 체육 시간이 떠올랐다. 마리가 나의 인사를 받아주지 않았던.

– 왜? 너 눈에 문제 있어?

– 응.

– 바흐처럼?

아, 여기서 왜 바흐가 나온 걸까? 이런 바보 같은 농담을 해도 되는 상황인지 아닌지 가늠할 수 없었다.

– 시력을 조금씩 잃어가는 그런 병에 걸렸어. 증상이 시작된 지는 벌써 몇 년이 지났고 이제 거의 막바지에 이른 것 같아. 가끔 아무것도 안 보이곤 하거든.

나는 공원의 먼지를 다 들이마신 것처럼 침을 삼킬 수가 없었다.

- 그럼 어제 체육 시간에도…

- 응, 잠시였지만 아무것도 보이지 않았어. 그리고… 곧 완전히 시력을 잃을 것 같다는 느낌이 왔어.

나는 무슨 말을 해야 할지 몰랐다. 뭐라도 말을 해야겠다 싶어 열심히 찾아보았지만 아무 말도 떠오르지 않았다. 마리가 계속해서 말했다.

- 내 비밀을 아는 유일한 사람이 너야.

- 나? 왜, 나를… 너네 부모님은? 너네 부모님은 아실 거 아냐.

- 내 병에 대해서는 알지, 물론. 그런데 내 병은 아직 의학계에서도 잘 알려지지 않은 희귀 병이야. 그리고 지금까지 만난 의사 선생님들은 앞으로도 몇 년 동안은 앞을 볼 수 있을 거라고 했거든.

- 그래도 뭔가 치료법이 있지 않을까? 바흐 시대에야 쉽게 장님이 됐지만 지금은… 지금은 다르잖아. 분명 방법이 있을 거야. 네 병에 대해 잘 아는 전문가가 어딘가에는 잊지 않을까?

- 아니, 없어. 나도 이미 다 찾아봤지. 내 병을 고칠 방법은 없어. 그리고 우리 부모님한테 솔직히 얘기할 수도 없어. 만일 그랬다가는… 여기를 떠나야 할지도 몰라. 특수 의료 시설에 입원해야 할 거고, 또 내가 원하는 학교에도 들어갈 수 없어.

나는 마리의 말을 이해할 수 없었다.

- 네가 예술고등학교 가는 걸 너희 부모님이 반대하셔? 왜? 그럼 네가 입학시험 준비하는 것도 모르시는 거야?

- 아니, 그런 건 아니지, 물론. 앞으로도 몇 년은 더 앞을 볼 수 있길 바라시지. 하지만 내가 완전히 시력을 잃었다는 걸 알면 바로 특수 기관에 보낼 거야. 나처럼 앞을 못 보는 사람들이 사는 그런 시설 있잖아. 그리고 결정적으로… 음악을 바로 관두게 할 거야.

- 아, 완전 복잡한 시추에이션이다…

나는 머리를 긁적이며 혼잣말을 했다.

- 내 유일한 희망… 이해하니? 어떻게든 내년 6월까지 버틸 거야. 그리고 꼭 입학시험을 치를 거야, 무슨 일이 있어도 말이야! 시험에 합격만 하면 우리 부모님도 아무 소리 못 하실걸?

수건이 깔린 신발 상자에 누워 있는 티티새가 생각났다. 살짝 열린 작고 노란 부리, 콩닥콩닥 뛰고 있는 결코 가볍지만은 않은 심장, 그렇게 살겠다고 발버둥치는 작은 새.

- 그래도 시력에 아무 문제가 없다는 듯 행동하는 게 쉽지는 않을 거야…

바로 그때, 번뜩 떠오르는 게 있었다.

- 그럼, 학기초에 수학 정답지를 나한테 준 게 다… 네가 완

전 장님이 되면 그때 너를 도와줄 수 있도록 시험을 해본 그런 거야?

- 처음부터 그런 생각을 한 건 아니었어. 그냥 네가 너무 웃기고 귀여워서 정답지를 준 거야. 그리고 그 후에 알게 됐어, 네가 꽤 괜찮은 애라는 걸. 착하기도 하고 마음도 여리고. 너라면 나를 도와줄 수 있을 것 같았어. 절대 내 손을 놓지 않을 것 같았지. 그리고 너를 좋아하기 시작했어. 그 후로는 정말 아무 생각이 없었고.

아… 내가 방금 뭘 들은 거지? 제대로 들은 건가? 나는 마리에게 다시 한 번 더 말해달라고 할 뻔했다. 하지만 빨개진 마리의 얼굴을 보고 그냥 조용히 있기로 했다. 대신 손에 들고 있는 꽃다발을 보며 꽃송이를 세기 시작했다. 그리고 이어지는 침묵. 빨리 이 자리를 뜨고만 싶은 이 어색한 침묵.

다행히 마리가 입을 열었다.

- 자, 그럼 상황을 요약해볼까? 첫째, 얼마 안 있어서 난 앞을 못 보게 된다…

- 헬렌 켈러처럼?

내가 이 정도 상식은 알고 있다는 걸 뽐낼 타이밍이라고 생각하며 말했다.

- 응, 헬렌 켈러처럼. 둘째, 학교 생활에 지장이 없으려면 너

의 도움이 필요하다. 특히 내 성적! 성적이 절대 떨어져서는 안 돼. 예술고등학교에 들어가려면 중학교에서 좋은 성적을 받아야 하거든. 하지만 나 혼자서는 절대 할 수 없어. 그러니까 네가 나의 눈이 되어줘야 해. 마지막으로 셋째, 내일 함께 놀이동산에 간다! 자, 일어나. 집에 가야지. 우리 엄마가 라자냐를 만든다고 했어. 디저트 케이크도 있대!

★ ★ ★

우선 우리는 거실로 들어갔다. 거실 크기가 어마어마했다. 나는 마리네 엄마께 꽃다발을 드렸다. 그러자 마리네 엄마가 꽃향기를 맡으려고 했다.

- 향기는 안 날 거예요, 가짜 꽃이거든요.

마리네 엄마는 나에게 정말 고맙다고 하셨다. 거실 소파에 앉자 그때 마리네 아빠가 나왔다. 다리를 꼬고 앉으셨는데 아주 멋져 보였다. 그리고 입은 옷도 완전 멋졌다.

- 빅토르, 우리 마리와 같은 반이라고요?

- 예. 반은 같은데 실력은 아주 달라요.

내 말에 마리의 부모님이 웃으셨다. 아, 시작이 좋다! 나는 애피타이저로 나온 음식 중 미니 토마토처럼 생긴 것을 깨물어 먹었다. 그런데 토마토치고는 너무나 단단했다.

－어머나, 빅토르… 이걸 어째… 껍질을 까고 먹어야 하는
건데…

그 음식이 뭐였는지 가르쳐주셨지만 기억이 나지는 않는다.
하지만 무슨 상관인가… 나는 땅콩을 먹기 시작했다.

－학교 공부는 재미있나요?

마리의 아빠가 계속해서 존댓말을 쓰며 물었다.

그 질문에 나는 잠시 생각했다. 마리의 부모님은 얼굴에 미
소를 머금고 나를 쳐다보았다. 아, 마리의 입술이 엄마 입술을
똑 닮았구나…

－저는 공부를 싫어하는 게 아닙니다만… 공부가 저를 싫어
하는 것 같습니다.

마리의 엄마가 자리에서 일어나더니 부엌으로 가셨다. 그리
고 얼마 후에 다시 자리로 돌아왔다.

－빅토르도 음악을 하나요?

마리 아빠가 물었다.

－아니요, 전혀요. 저는 음악에 대해서는 아무것도 모릅니다.

이때 마리가 나섰다.

－빅토르가 말은 저렇게 하지만 사실은…

갑자기 내 귀가 멍멍해지더니 웅웅거리는 소리가 났다. 마리

가 나를 쳐다본다. 이걸 어쩌지? 마리가 알아버렸나? 내 록 그룹에 대해 알아버렸나? 알아버렸구나… 틀림없다. 나는 숨을 참고 눈을 감았다. 곧 목숨을 잃을 사람처럼…

― 얼마나 감수성이 풍부한지 음악 듣는 것도 좋아하고 비평 수준도 굉장해요. 클래식 음악 애호가예요!

아, 너무나 창피했다. 내가 음악 애호가라니, 럴수 럴수 이럴 수가!

― 우리 마리는 학년이 끝나면 아주 유명한 예술고등학교 시험을 볼 건데, 알고 있었어요?

마리는 아빠를 보며 미소를 짓더니 곧 내 눈을 뚫어지게 쳐다보았다. 마리와 나만의 비밀 공유, 우리끼리만 주고받는 그런 공조의 눈빛! 나는 최대한 자연스럽게 대답했다.

― 네. 그런 얘기를 들은 것 같습니다.

마리네 엄마가 테이블에 라자냐를 올려놓았다. 그러고는 라자냐를 덜기 위해 내 접시를 가져가며 물었다.

― 학교에서는 어떤 과목을 제일 좋아해요?

― 아, 그게요… 그게 그러니까…

그러자 마리의 엄마가 이탈리아 향기가 듬뿍 나는 라자냐를 건네며 다시 물었다.

― 그게 그러니까?

- 상황에 따라 다르긴 한데, 일반적으로는 미술 과목을 제일 좋아합니다.

어디서 영감을 얻었는지 퍼뜩하고 떠오른 생각이었다. 하긴 거실 곳곳에 걸려 있는 그림들이 한몫을 했는지도 모르겠다. 잠시 후, 마리네 부모님이 런던과 파리에서 열릴 모던아트 전시회 얘기를 나누기 시작했다. 그래서 나는 잠시 숨을 돌릴 수가 있었다. 마리 부모님이 서로 대화를 하는 동안 생각했다, 우리 아빠는 뭘 하고 있을까? 파나르를 고치고 있겠지. 손에는 검은 엔진오일이 가득 묻어 있을 테고.

식사를 마치자 마리네 엄마가 아주 큰 쟁반을 식탁에 올려놓았다. 온갖 종류의 맛있는 디저트가 놓여 있는 쟁반이었다. 나는 오늘 마리네 집에서 열린 식사에서 별 탈 없이 좋은 인상을 보여주지 않았나 생각했다.

그다음 날. 놀이공원에서 마리를 만나자 이런 생각이 들었다. 자고로 열다섯 살이 되면 모든 일은 결국에는 해결이 된다고 말이다. 마리와 나는 공원 여기저기를 돌아다녔다. '사랑의 사과' 사탕을 파는 가게 앞을 지나다 나는 생각 없이 마리에게 물었다.

- 사랑의 사과 먹을래?

사랑이라니! 사랑이라는 말을 내뱉은 나는 사과보다 얼굴이 더 빨개졌다. 마리는 나를 재미있다는 듯이 쳐다보았다. 결국 우리는 사탕 두 개를 사기로 했다.

- 하하! 사탕 때문에 빨간 수염이 생겼어!

- 너도 마찬가지야.

우리는 서로를 보며 깔깔대고 웃었다.

그러고 나서 투명한 미로에 들어갔다. 미로가 얼마나 좁던지 아주 조심해야 했다. 마리와 나는 조심조심 발걸음에 집중하며 앞으로 앞으로 나아갔다. 그렇게 꽤 오랜 시간 미로에 있었나 보다. 고개를 들어 보니 우리 주위에 아무도 없었다. 텅 빈 공간, 아주 당황스럽고 난처한 느낌. 몇 미터 뒤에는 마리가 있었다. 나는 마리가 있는 쪽으로 가려고 했다. 그런데 마리도 같은 생각을 한 것이다. 우리 두 사람은 함께 움직였고, 그게 큰 실수였다. 투명해서 몰랐지만 마리와 나는 같은 길에 있지 않았던 것이다. 처음에는 상황이 재미있어서 웃었지만 시간이 지나자 조금씩 걱정스러운 마음이 들기 시작했다. 결국 각자는 막다른 골목에 이르고 말았다. 그래서 마리와 나는 투명 플라스틱 판자를 사이에 두게 된 것이다. 마리가 미소를 지으며 나를 쳐다보았다. 나는 이게 꿈인지 생시인지 알 수 없었다. 마리가 투명 판자 위로 손바닥을 가져다 대는 게 아닌가? 나도 마리의 손 위로 내 손을 살포시 올려놓았다. 우리는 그렇게 서로를 쳐다보았다. 마치 각자의 모습을 거울에 비춰보듯, 우리는 그렇게 오랫동안 서로를 쳐다보았다.

한참 후, 결국 밖으로 빠져나온 마리와 나. 햇빛이 반짝이고 솜사탕 향기가 공기 중에 떠돌았다. 마리와 나는 범퍼카를 타보기로 했다. 운전은 마리가 하겠다고 했다.

- 이런 걸 직접 몰아보는 게 어쩌면 마지막일지도 몰라…

사람들이 우리를 쳐다보는 것 같았고, 나는 왠지 기분이 좋았다. 우리 차는 다른 차들과 달리 특별해 보였다. 얼마 후 마리가 눈을 감고 운전을 하고 있다는 걸 알았다. 그리고 깨달았다. 학년이 끝날 때까지 마리의 문제에 대해 아무도 눈치를 못 채게 하려면 꽤 어렵겠구나 하는 걸…

저녁이 되자 날씨가 꽤 쌀쌀해졌다. 그리고 입에서는 하얀 김이 났다. 마리가 내 팔짱을 꼬옥 꼈다.

- 우리 유령의 집 갈래?

마리는 나와 함께 무서워할 생각에 기분이 좋은 모양이었다. 야광 해골이 자꾸자꾸 나타나 으악! 하면서 겁을 줄 때마다 마리는 내 팔을 더욱 더 세게 잡았다. 마리의 머리카락 때문에 얼굴이 간질간질했다. 어둠 속에서 기분이 <u>으스스</u>해지는 공포의 소리가 들려왔다. 마리가 속삭이듯 말했다.

- 나 유령이 너무 무서워.

나는 뭐라고 대답할 수가 없었다. 마리의 입술이 내 입술에 닿았기 때문이다.

유령의 집에서 나온 우리는 얼른 헤어졌다. 마리는 집에 가서 첼로 연습을 더 해야 한다고 했다. 나는 록 그룹 연습이 있었다, 비록 늦기는 했지만…

제 8 장

크리스마스 방학 동안 마리와 놀이공원에서 있었던 일이 자주 떠올랐다. 점점 개학이 다가오자 스트레스가 장난이 아니었다. 어떻게 마리를 도울 수 있을까? 학교가 마치 놀이공원에서 경험한 미로처럼 느껴졌다. 군데군데 함정투성이라서 제대로 자리를 움직이기 어려운 체스판 같기도 했다. 정말 돌아버릴 지경이었다.

드디어 개학 날. 나는 마리가 어디에 있는지 찾았다. 어찌나 떨리던지… 하지만 마리는 보이지 않았다. 그때 퍼뜩 드는 나쁜 생각! 혹시 마리를 시각 장애인을 위한 특수 기관에 보내버린 게 아닐까? 싫다는데 억지로 떠밀어서 보낸 건 아닌가? 선생님이 우리 모두에게 새해 복 많이 받으라며 인사를 했다, 올해는 원하는 걸 모두 이루라고. 나는 처음으로 선생님의 이 말이 허투루 들리지 않았다. 나에게 원하는 게 생겼기 때문이다.

마리는 계속 보이지 않았다. 진짜 심각하게 걱정이 되기 시작했다. 수업 시작, 첫해 첫 수업부터 어려운 문제를 풀어야 했다.

다들 책상에 머리를 박고 열심히 문제를 풀고 있는데 누군가 교실 문을 노크했다, 마리였다. 나는 그때 알았다. 마리에게 변화가 생겼다는 것을 말이다. 마리는 우선 늦어서 죄송하다고 말했다. 그러고 나더니 교단을 향해 정확히 세 걸음을 옮겼다. 선생님한테 지각 허가서를 드려야 했기 때문이다. 마리의 발걸음이 얼마나 정확하고 어색한지 마치 우주인을 보는 느낌이었다. 마리는 무언가를 똑바로 쳐다보고 있었다. 하지만 나는 알았다, 그 눈빛은 텅 빈 눈빛이라는 걸. 마리는 정확하고 확실하게 한 걸음 한 걸음 걸어와 조용히 자리에 앉았다. 아무 일도 없었다는 듯 책과 공책을 꺼냈다. 하지만 아무 일도 없는 게 아니었다! 나는 마리에게 무슨 말을 해야 할지 몰랐다. 어찌나 차갑고 냉정한지 마리가 무서워 보이기까지 했다. 드디어 마리가 입을 떼었다.

- 지금 뭘 해야 하는 거야? 빨리 말해줘.

나는 얼른 무슨 문제를 풀어야 하는지 설명했다.

- 알았어. 너도 열심히 풀어봐.

마리는 입을 삐죽삐죽거리며 고민하기 시작했다. 고도의 집중을 하고 있는 것이었다. 그러더니 연습장에 뭔가를 쓰기 시작했다. 마리의 글씨는 위로 갔다 아래로 갔다, 지그재그 들쭉날쭉이었다. 눈은 뚫어져라 한 곳을 응시하는데 필기는 그야말로 제멋대로. 나는 생각하고 말고 할 것도 없이 마리의 연습장을 찢어 내 앞에 놓았다. 그 소리에 놀라 애들이 모두 내 쪽을 쳐다봤고 선생님이 내 자리로 왔다. 나는 선생님께 연습장을 보여드렸다.

- 뭐라고 썼는지 잘 안 보이시겠지만 정답인 것 같습니다.

나는 자신 있게 말했다.

- 그래, 정답이야. 잘 풀었구나. 그런데 글씨가 이게 뭐니?

뭐라고 대답하지? 뭐라고 대답하지? 나는 얼른 머리를 굴렸고 결국 이렇게 대답했다.

- 그게 말입니다… 일종의 격정 때문이랄까요?

- 격정?

- 네, 수학적 격정.

나는 대답을 하고 나서 선생님의 얼굴을 똑바로 쳐다보았다. 선생님은 내 대답에 대해 뭐라고 해야 할지 고민하는 눈치였다. 그때 마리가 분위기를 전환하기 위해 선생님께 질문을 했다.

마리는 정말 놀랍다. 그린 마리가 너무나 자랑스러웠다. 그 어떤 도움도 없이 암흑 속에서 정답을 찾아내다니! 수업이 끝나고 애들이 가방을 챙기기 시작했다. 그때 마리가 내 쪽으로 몸을 기울이더니 속삭이며 말했다.

- 내 앞에서 걸어. 너무 빨리 걷지는 말고. 아직 익숙하지가 않아서 그래. 그리고 발소리를 좀 크게 내줄래? 그걸 듣고 걸을게…

마리는 슬픈 미소를 지어 보였다. 나는 마리를 위해 열심히 발소리를 내며 걸었다. 그런 나를 보며 애들은 생각했을 것이다, 탭댄스라도 추는 줄? 마리는 결단력 있고 단호한 걸음으로 걸었다. 그런데 자세히 들여다보니 마리가 하나, 둘, 셋 하며 발걸음을 세고 있는 것이 아닌가. 아까 수학 선생님한테 지각 허가서를 드리러 갈 때도 하나, 둘, 셋 하며 발걸음 수를 세었을 것이다. 마리가 정말 멋지고 대단해 보였다. 하지만 한편으로는 나도 모르게 코끝이 찡했다.

★ ★ ★

저녁이 되고 집으로 돌아가는 길에 마리가 말했다. 거리를 재기 시작한 건 벌써 몇 주 전부터이며 이젠 웬만한 건 다 외웠다고 했다. 마리의 머릿속에 기억되는 학교의 모습은 수많은 정사각형이 모인 하나의 거대한 도형과도 같다고 했다.

– 예를 들어 수위실에서 사물함까지 가는 데 열두 걸음이야. 현관에서 럭키 루크 사무실까지는 오른쪽으로 걸으면 스물여덟 걸음, 왼쪽으로 걸으면 서른일곱 걸음. 화장실에서 식당까지는 일흔여덟 걸음. 단, 전시회가 없을 때 그래. 전시회가 있을 때는 빙 돌아서 가야 하기 때문에 백하고도 열일곱 걸음을 더 가야 해.

마리는 집으로 가는 길도 잘 아는 것 같았다. 그러던 어느 순간, 뭘 해볼 새도 없이 눈 깜짝할 사이 벌어진 일. 잠시 한눈을 팔았더니 어디서 댕 하고 징 소리 같은 게 나는 것이 아닌가. 옆을 보니 마리가 바닥에 드러누워 있었다. 우체통에 제대로 머리를 박은 것이다… 마리는 곧 이마를 쓰다듬었다. 마리의 얼굴은 하얗게 질려 있었고, 이마에는 벌써 빨간 혹이 솟아 있었다. 얼마나 실망이 클까 생각했다. 마리는 울음을 참으려고 애를 썼다. 나는 마리를 향해 몸을 숙였다. 그러자 마리는 내 팔을 꼬옥 잡았다. 마리를 일으켜 세우는데 이렇게 가벼울 수가 없었다. 힘이 쭉 빠진 내 티티새처럼 가벼웠다. 우리는 다시 걷기 시작했다. 하지만 그 누구도 입을 열지 않았다. 마리는 내 팔짱을 끼고 걸었다. 나는 혹시나 아는 사람을 만날까 두렵기도 했고, 오히려 아는 사람을 만났으면 하고 바라기도 했다. 내 마음이 왔다 갔다 했다. 나는 슬쩍 마리를 향해 곁눈질을 했다. 대놓고 보면 마리가 내 눈빛을 느끼고 불편해할 수도 있기 때문이었다. 언젠가 라디오에서 들었는데 앞을 못 보는 사람들은 직관이 많이 발달한다고 했다.

교회 앞에 다다랐을 때 마리가 내 쪽을 향해 고개를 돌렸다. 정말이지 너무나 견디기 어려운 상황이었다. 왜냐하면 마리가 내 눈을 뚫어지게 쳐다봤기 때문이다. 장님의 눈은 어떻게 봐야 하는 건지… 나는 알 수가 없었다. 너무 당황하지 않으려 애를 쓰며 마리의 코 윗부분을 쳐다보았다. 다른 곳을 볼 수도 없는 노릇이었다. 그때 마리가 한마디를 하는데, 나는 너무 놀라 기절하는 줄 알았다.

- 알아… 장님의 눈을 똑바로 보는 게 얼마나 어려운지. 그러니까 너 편한 대로 해. 말할 때 너를 안 보는 게 더 편하겠니? 그럼 그렇게 할게.

- 네가 나를 본다고? 내가 너를 보는 거겠지…

- 그건 네 생각이고. 넌 모르겠지만, 난 널 볼 수 있어. 내가 너를 보는 게 불편하면 말해, 안 할게.

- 아니, 계속 나를 보고 말해… 나도 네가 내 얼굴을 보는 게 좋으니까…

입 밖으로 뱉고 나서야 비로소 '아, 그랬구나!' 하고 깨닫게 되는 것들이 있다. 마리의 미소를 보며 나는 생각했다. 그래,

꼭 눈으로만 보는 건 아니야. 마리가 나를 향해 몸을 숙이며 말했다.

– 너는 기적을 믿어?

어떻게 대답해야 맞는 건지 정말 알 수 없었다.

– 상황에 따라 달라…

– 어떤 상황?

– 그러니까 그게… 그게 말이야… 어떤 기적이냐에 따라 달라, 그래, 바로 그거야.

그 후로 마리와 나는 아무 말도 하지 않고 그냥 걷기만 했다. 드디어 마리네 저택 앞에 도착. 나는 마리에게 미술 선생님의 말을 상기시켜주었다. 루브르 박물관 현장 학습 때 필요한 비용을 잊지 말고 가져오라는 것이었다. 마리는 입술을 깨물었다. 그렇다, 미술은 수학과는 달랐다. 앞이 보이지 않는 마리에게는 까다로운 과목일 수밖에 없었다. 나는 마리에게 미술 시간에 어떻게 할지에 대해서 고민해보겠다고 말했다. 그리고 집으로 들어가는 마리를 지켜보았다. 바짝 긴장한 마리가 조심스럽게 정원을 걸었다. 아주 집중하고 발걸음을 세는 것 같았다. 하나, 둘, 셋 하고 발걸음을 세야 하는 인생, 이게 마리의 인생이었다.

★ ★ ★

나는 집까지 뛰어갔다. 아빠는 자동차 엔진을 고치고 있었다. 좀 도와달라는 아빠에게 나는 공부를 해야 한다고 했다. 내 대답을 들은 아빠는 나오는 웃음을 참으려 애를 쓰는 것 같았다. 숨겼지만 다 보였다! 간식을 먹고 나서 아빠에게 물었다.

- 아빠, 루브르 박물관에 어떤 그림이 있는지 알아?

그러자 아빠가 나를 보며 말했다.

- 〈모나리자〉. 레오나르도 다 빈치의 〈모나리자〉가 있지.

이렇게 똑똑한 아빠를 뒀다니, 나는 참 운이 좋다.

나는 방으로 올라가 그림을 그리는 데 필요한 도구들을 꺼냈다. 물감도 색깔별로 정리했다. 그리고 백과사전에 나온 〈모나리자〉를 그리기 시작했다. 밤이 되고 아빠가 내 방으로 왔다. 나는 그림을 보여주며 물었다,

- 아빠, 이게 뭔지 알겠어?

- 알고말고.

아빠가 내 그림을 알아보다니 정말 다행이었다! 분명 미술 선생님은 박물관에서 제일 유명한 그림을 그리라고 할 것이다. 그럼 그때 가서 이 그림을 마리에게 주면 될 것이다.

- 김이 모락모락 나는 스파게티를 그렸구나! 옆에는 치즈

도 있네!

제 9 장

무엇보다 제일 어려운 것은 글씨체였다. 내 글씨체가 개발
새발인 것이야 뭐, 하루 이틀의 일도 아니었다. 반면 마리의 글
씨체는 바짝 다림질한 것처럼 곧고 깨끗했다. 어쨌든 앞을 볼
수 있을 때까지만 해도 마리의 글씨체는 그랬다. 나는 마리가
예전에 썼던 공책을 가져와 밤마다 베껴 쓰는 연습을 했다. 그
러고 나면 마치 테니스 경기 백 번은 한 것마냥 팔목이 아팠다.
학교가 끝나면 마리와 나는 곧 숙제에 열중했다. 내가 문제를
읽어주면 마리가 푸는 방식이었다. 그럼 그걸 깨끗하게 공책
에 정리하는 것은 내 몫이었다. 마리가 우리 팀에서 브레인이
라면, 나는 그 오른팔이랄까. 한번은 책을 읽고 가야 하는 숙제
가 있었다. 당연히 내가 마리에게 책을 읽어주었다. 예전의 나
는 책이라면 질색을 했었다. 그런데 지금은 다르다. 마리와 함

께 읽는 책은 뭔가 달라도 달랐다. 책 속의 글들이 별 어려움 없이 내 안으로 들어왔다. 그리고 다시 밖으로 나갈 땐 마리를 위해 변해 있었다.

숙제는 그렇다 치고 시험을 볼 때는 정말 진땀이 났다. 사흘 전부터 떨리기 시작하는데! 빌어먹을 시험, 무엇보다 속도가 중요했다. 왜냐하면 내 시험지에 답을 다 쓰고 나서 마리의 시험지까지 써야 했기 때문이다. 물론 마리의 글씨체를 흉내 내면서 말이다! 나는 선생님들의 의심을 사지 않기 위해 일부러 내 시험지에 틀린 답을 몇 개 적어 넣기도 했다.

혹시라도 선생님들이 마리에게 책을 읽어보라고 할까 봐 우리 둘은 늘 긴장했다. 나는 진짜 그런 일이 일어나는 걸 막기 위해 선생님이 입만 열면 손을 들어 발표를 하거나 질문을 했다. 그런 나를 보고 남들이 뭐라고 하든 상관없었다. 정말 하나도 상관없었다! 나는 발표에 내 목숨이 달려 있는 사람처럼 악착같이 손을 들었다. 사실이 그렇기도 했다. 그러던 어느 날, 프랑스어 선생님이 마리에게 시 한 편을 읽으라고 하는 것이 아닌가. 아, 올 것이 왔구나 싶었다. 이제 모든 것이 끝났다 생각했다. 내 얼굴은 그야말로 백지장처럼 하얗고 창백하게 변했다. 빨리빨리 대책을 세워야 했다. 바닥에 데굴데굴 구를까? 그러면 이 위기를 벗어날 수 있을까? 창피하고 말고 할 것도 없었다. 그런데 이게 웬일! 마리가 아무렇지도 않다는 듯 자리에서 일어나 시를 읽는 게 아닌가! 단 한 군데도 틀리지 않고 말이다.

점심시간, 급식 차례를 기다리던 나는 마리에게 이제 다시 앞이 보이냐고 물었다.

– 아까 그 시 때문에 그러는 거야? 아르튀르 랭보는 내가 제일 좋아하는 시인이야. 외우는 시가 백 개도 더 넘는 걸? 내가 아는 시를 읽으라고 해서 다행이야, 운이 좋았어.

– 넌 어떻게 그 많은 지식을 머릿속에 넣는 거야? 진짜 대단해!

– 몇 년 전의 일이야. 몇 달에 걸쳐서 시름시름 앓았었어. 그때부터 눈에 이상이 생기기 시작한 거지. 너무 아파서 학교에 갈 수가 없었어. 덕분에 집에서 많은 걸 공부할 수 있었던 거야. 하도 심심해서 피아노도 배웠고.

– 혼자서?

마리는 대수롭지 않다는 듯 대답했다.

– 별로 어렵지 않아. 그냥 짚으라는 건반을 짚으면 되는걸? 그리고 피아노는 취미 삼아 하는 거야. 나한테는 그리 중요한 악기가 아니야.

– 그럼 시는? 시는 중요해?

– 응, 아주 중요해.

- 그래, 나도 그렇다고 생각해. 시는 이불과도 같은 것 같아. 내 쪽으로 당기면 당길수록 따뜻해지거든.

내가 말해 놓고서 내가 믿을 수 없었다. 캬, 이런 주옥 같은 표현은 어디에서 나온 걸까? 마리가 묘한 표정을 지으며 나를 봤다. 진짜 볼 수 있어서 본 게 아니고 말이 그렇다는 거다. 마리는 가끔 내가 던진 말에 대해 진지하게 고민을 하곤 했다. 그럴 때마다 나는 괜히 어깨가 으쓱해졌다. 살아가는 데 있어서 자존감이란 게 얼마나 중요한지 모른다!

급식을 알리는 종소리, 나와 마리는 천천히 식당으로 향했다. 식당에 가는 것은 쉽지만은 않은 일이었다. 일단 계단에 애들이 너무 많았다. 그러니 마리에게는 얼마나 위험하겠는가. 나는 온몸을 비틀어 짜며 마리 주위로 애들이 가까이 못 오게 했다, 일종의 보호 구역을 만드는 것이다.

우리 학교 식당은 셀프 서비스였다. 그래서 가끔은 웃을 수밖에 없는 일이 벌어지곤 했다. 마리가 내 앞에서 음식을 푸는데… 마요네즈를 듬뿍 얹은 달걀, 긴 모양의 햄, 동그란 모양의 햄, 또 다른 모양의 햄, 스테이크, 햄버거 스테이크… 채소라곤 눈을 씻고 찾으려야 찾을 수 없는 고지방 식단이었다!

이런 일이 몇 번 있고 나니 누군가 의심을 할 수도 있겠구나 하는 생각이 들었다. 그래서 차례를 바꾸기로 했다. 나는 일부러 마리가 잘 들을 수 있게 큰 소리로 말했다, 이를테면…

— 와, 오늘 샐러드는 정말 싱싱하네! 내 앞에 있는 샐러드 보이지? 여기, 바로 앞에. 완전 싱싱해 보이지 않냐?

내 주위에 있던 애들이 조금씩 웃었다. 그러나 나는 아랑곳않고 애들을 향해 더 큰 소리로 말했다.

— 요즘 당근이 제철인가 봐. 너희들은 알고 있었어? 마침 당근 샐러드가 내 오른쪽에 있네!

어떨 땐 식당 아줌마들을 향해 말을 하기도 했다.

— 아주머니, 도대체 뭘 골라야 할지 잘 모르겠어요. 제 오른쪽에 있는 생선을 고를까요, 아니면 제 왼쪽에 있는 닭고기를 고를까요? 네? 오른쪽에 있는 생선? 아니면 왼쪽 닭고기?

마리를 남몰래 도울 수 있는 정말이지 재치 넘치는 방법이 아니던가!

그럴 때면 식당 아줌마들은 도대체 무슨 일이냐는 듯 눈을 크게 뜨고 나를 쳐다보았다. 놀라서 입까지 벌린 아줌마들이 꼭 생선같이 느껴졌다. 그러던 어느 날, 날 보더니 한 아줌마가 손가락으로 관자놀이를 짚으며 자리를 떠나는 게 아닌가. 그때 알았다. 이 수법도 오래가지 않을 것이란 걸.

식사 시간이 꽤 까다롭다지만 체육 시간에 비길쏘냐!

운동장에서 준비 운동 겸 달리기를 할 때의 일이다. 마리는 트랙을 벗어나기가 일쑤였다. 한번은 축구 경기장 쪽으로 혼자 가서 열심히 도움닫기를 하고 있는 마리를 겨우 데려오기도 했다. 내가 아무리 옆에 붙어 있으려고 노력해도 마리는 항상 엉뚱한 곳으로 가곤 했다. 배구를 할 때는 생각도 하기 싫다. 마리는 공을 받아보겠다고 열심히 폼을 잡고 있었지만, 정작 공이 날아오면 팔을 움직이기는커녕 머리로 받아내곤 했다. 어떨 때는 이미 바닥에 떨어진 공을 토스하려고 안간힘을 쓰기도 했다. 어쨌든 마리는 줄곧 엉뚱하게 행동했다. 공을 잡으려고 허공에서 손을 허우적거리는 마리를 보면 가슴이 아팠다. 한번은 핸드볼 경기를 하는데, 그날은 내가 우기고 우겨서 마리가 골키퍼 역할을 했다. 골키퍼 일은 꽤 쉬울 거라고 생각했기 때문이다. 어쨌든 웬만해서는 몸을 움직일 일이 없지 않나… 나는 중간쯤에 서서 경기를 했다. 한 눈으로는 계속해서 마리를 주시하고 또 한 눈은 상대편 공격수에게서 떼지 않았다. 그런데 그때, 마리가 골대 쪽으로 몸을 돌리는 게 아닌가! 마치 골대와 대단한 대화를 나누기라도 하는 듯 말이다. 그러더니 아예 운동장에 등을 지고 선다, 아… 그렇게 마리는 골대를 향해 공을 받아보겠다고 두 손을 내밀고 무릎은 반쯤 굽혀 섰다. 정작 우리 쪽으로는 엉덩이를 쭉 내밀고 말이다. 정말 진땀이 나는 순간이었다. 하지만 다행히도 내가 재치를 발휘해 위기를 모면

할 수 있었다.

나는 얼른 두 손으로 발목을 감싸고 바닥에 누워 고래고래 소리치기 시작했다. 덕분에 적당한 때에 시선을 내 쪽으로 돌릴 수 있었다.

저 멀리로 노기등등한 반 고흐가 신경질을 부리며 공을 바닥에 내치는 게 보였다. 정말 큰 위기를 모면했구나 하는 생각이 들었다.

★ ★ ★

드디어 루브르 박물관 현장 학습의 날. 선생님은 한 그림 앞에 멈춰 서더니 우리에게 반원을 그려 앉으라고 했다. 예상대로 문제의 그림을 따라 그려야 하는 것이었다.

- 그림 제목이 뭐야? 제목을 알아야 뭘 하든지 말든지 할 것 아냐!

- 글씨가 너무 작아서 제목이 뭔지 잘 안 보여.

- 그럼 다른 방법을 써야겠네. 어떤 그림인지 나에게 설명을 해봐.

선생님은 턱수염을 쓰다듬으며 학생들 사이로 걸어 다녔다. 슬쩍 옆을 보니 마리가 혀까지 깨물며 뭔가를 열심히 그리는 게 보였다. 나는 다른 학생들 눈치를 봐가며 마리에게 그림에 대해 설명했다.

- 오른쪽에는 나무 같은 게 있고, 옷을 잘 차려입은 사람들이 바위 위에 올라가 있어.

- 뒤쪽에는?

- 뒤쪽으로는… 강물 같은 게 흐르고 양쪽으로는 숲 같은 게 보여.

- 왼쪽에는?

- 왼쪽에도 사람들이 많아. 여자들은 챙이 넓은 모자를 썼고. 하늘에 연 같은 게 보이는 것 같기도 하고.

- 색감은? 어떤 색을 썼어?

- 하늘은 거의 하얀색이야. 회색과 갈색이 많고, 간간이 초록색도 보여. 아, 스카우트 캠핑 뭐 이런 그림인가? 곧 배를 타고 어디를 가려는 것 같기도 하고.

- 아, 〈키테라섬의 순례〉구나! 18세기의 그림!

- 18세기에도 스카우트가 있었어?

- 스카우트 같은 소리 한다!

- 근데 카스테라는 어디 있다는 거야?

- 카스테라가 아니고 키테라… 어떡하니 널…

도대체 이해할 수 없었지만 뭐 그냥 넘어가기로 했다. 그리

117

고 슬쩍 마리의 그림을 봤다. 그런데! 물감이 여기저기 질질 흐르질 않나, 그야말로 엉망진창이었다. 그런데 선생님까지 마리 곁으로 다가와서 그 그림을 보는 것이 아닌가! 다행히 마리는 선생님이 오는 걸 눈치챈 것 같았다. 발소리를 알아차린 건지, 걸을 때마다 뽀뽁 소리가 나는 선생님의 신발 덕분인지, 아니면 장님들에게 발달한 직감 때문인지, 어쨌든.

－ 저 그림을 큐비즘적 시각에서 재해석해봤어요. '아비뇽의 처녀'가 배를 타고 가는 그런 느낌의…

그러자 미술 선생님은 고개를 앞으로 내밀고 턱을 어루만지며 대답했다.

－ 흠, 역시 그랬군. 이 그림에서 뭔가 특별한 게 느껴진다고 생각했거든…

선생님의 말에 마리와 나는 서로를 쳐다보았다. 그러니까 말이 그렇다는 거다. 어쨌든 대담한 마리의 모습이 너무나 멋있었다. 인생을 사는 데 있어서 당당해 보인다는 것이 얼마나 중요한 일인지 새삼 깨달았다.

박물관에서 버스를 타고 다시 학교로 오니 마리네 아빠가 마리를 데리러 와 계셨다. 완전 멋진 차를 타고. 나는 아주 자연스럽게 차 앞문까지 마리를 데려다주었다.

따뜻하고 부드러운 봄 향기에 취할 것만 같았다.

★ ★ ★

집에 돌아와보니 아빠는 텔레비전을 보고 있었다.

- 봤어?

아빠가 나를 보며 물었다.

- 응, 아빠.

- 네가 옆으로 움직여도 모나리자의 시선이 계속 너를 향하고 있든?

- 응, 아빠. 시선이 계속 나를 따라오더라. 소문이 맞았어.

- 그래, 잘했다. 냉장고 가봐, 뭐 먹을 게 있을 거야. 나도 너한테서 시선을 절대 떼지 않겠다, 하하!

나는 가볍게 간식을 먹고 방으로 올라갔다. 그리고 침대에 누웠다. 마리는 뭘 하고 있을까 생각해봤다. 첼로 학원에서 지금쯤 돌아왔겠지, 그리고 저녁 먹을 준비를 하고 있을 것이다. 혹시라도 부모님한테 모든 걸 얘기할 생각은 없는 걸까?

티티새가 좀 어떤지 보러 갔다. 이제는 제법 살도 쪄서 신발 상자가 꽉 차 보인다. 이젠 정말 위험에서 벗어났구나 하고 생각했다.

제 10 장

　이튿날 학교에 가보니 운동장이 확 바뀌어 있었다. 경찰 아저씨들이 흰색과 빨간색으로 된 교통 시설물을 양쪽에 설치해 큰 대로처럼 만들었다. 거기에는 신호등까지 놓여 있었다. 곧 마리에게 큰일이 생기겠구나 직감으로 알 수 있었다. 경찰 아저씨들이 만들어 놓은 길에서 마리는 헤맬 수밖에 없을 것이고, 그러면 마리의 비밀이 발각될 것이다. 즉, 교통안전 수업이 마리에게는 큰 위험과도 같았다.

　오전 수업이 끝나고 나는 아이쌈과 함께 수위실에 갔다. 도저히 학교 식당까지 갈 힘이 나지 않았기 때문이다. 정신적인 스트레스는 육체적 노동보다 훨씬 힘이 들었다. 그저 텅 비어버린 그런 느낌이 들었다. 아이쌈은 자기 덩치에 비해 아주 작은 의자에 앉아 있었다. 두 팔은 테이블 위에 놓고 체스판을 뚫어지게 쳐다보고 있었다. 마치 체스판에 어떤 비밀이 얽혀 있고, 그 비밀을 캐내고야 말겠다고 다짐한 듯이 말이다. 체크무늬 셔츠에 가린 아이쌈의 똥배가 더 불룩 나와 이제는 테이블에까지 닿는다. 나는 아이쌈에게 물었다.

- 뭐 하는 거야?

- 아무것도 안 해.

- 아무것도 안 한다니?

- 그냥 아무것도 안 한다고. 오늘은 안식일이거든. 안식일에는 아무것도 하면 안 돼. 그래서 아무것도 안 하는 거야.

- 그나저나 네가 왜 유대교 안식일을 지켜야 하는지 알 수가 없다. 너는 터키인 반, 이집트인 반이잖아. 그리고 안식일은 저녁 때부터 시작되는 거 아니었어?

- 나는 내가 원할 때 안식일을 시작해. 즉, 나에게는 금요일 점심부터가 안식일인 거야. 나는 체스 선수고, 또 체스를 둘 때 나는 항상 앞서잖아. 그러니까 안식일도 앞서서 하는 거야. 더 이상의 설명은 없어. 내가 이런다고 누구한테 방해가 되는 것도 아니고 말이야.

나는 아이쌈의 말을 도통 이해할 수 없었다. 하지만 체스판을 뚫어져라 쳐다보는 아이쌈을 보니 뭐, 저 좋아서 저러고 있겠거니 하고 말았다. 가끔 아이쌈의 입술이 움직이기도 했는데,

아마 머릿속으로 체스를 두고 있어서 그랬던 것 같다. 나는 용기를 내어 아이쌈에게 물었다.

 - 아이쌈… 나한테 걱정거리가 하나 있는데 말이야…

아이쌈은 눈 하나 깜빡하지 않으며 대답했다.

 - 알아.

 - 나도 네가 안다는 거 알아. 너는 아무 말도 하지 않지만 누구보다 먼저 알고 누구보다 먼저 눈치채잖아.

 - 항상 앞서 있긴 하지, 체스에서처럼. 그러니까 결국에는 걔가 장님이라는 거네?

이렇게 말하고 아이쌈은 살짝 미소를 지었다.

 - 응, 그런데 그게 알려져서는 안 돼. 안 그럼 완전 망하는 거야. 그런데 오늘 오후에 교통안전 실습을 하잖아… 그게 문제라는 거지.

아이쌈은 체스판에서 말 하나를 움직이더니 상대편 왕을 바닥에 눕혔다. 그리고 젤리 하나를 집어 먹으며 말했다.

 - 그러니까 지금 너는 이러지도 저러지도 못하게 완전히 포위된 상황이란 말이지. 자, 이걸 봐…

그러더니 나에게 체스판을 가리켰다. 거기에 해답이 있다는 듯. 나는 당황할 수밖에 없었다.

바로 그때, 아이쌈의 아빠가 나타나시더니 라디오를 켰다. 라디오에서 나오는 뉴스는 그리 유쾌하지만은 않았다. 카페나 영화관은 물론 곳곳에서, 하물며 학교에서도 폭탄이 터졌다는 그런 뉴스였다. 다들 복수를 하겠다고 소리쳤다. 폭탄을 설치한 범인들까지 복수를 논했다. 정말 여기저기서 폭탄이 터지고 있었다. 뉴스를 듣고 나는 얼른 자리에서 일어났다. 그러자 리스펙트 아이쌤이 물었다.

- 벌써 가려고? 무슨 좋은 아이디어라도 떠오른 거냐?

- 응, 그런 것 같아.

그러자 아이쌤은 잘 가라는 표시로 손을 흔들었다. 그리고 아주 심각하게 말했다.

- 너, 공주를 구하러 온 왕자님 같아.

★ ★ ★

너무 놀란 교장 선생님이 허겁지겁 교장실을 나섰다. 그 뒤로 학년주임들이 뒤따랐다. 그리고 학교 전체에 사이렌이 울렸다. 교장 선생님과 전설의 무법자 럭키 루크가 나서 학생들에게 줄을 서게 한 후 학교 밖으로 내보냈다. 학교 여기저기에서 학생들이 쏟아져 나왔다. 애들 말에 따르면, 자신을 '다스 베이더'라고 소개한 누군가가 학교에 협박 전화를 걸었다는 것이다!

나는 마리와 함께 학생들 틈에 섞여 교문으로 향했다. 마리가 나에게 물었다.

- 이거야말로 기적 아닐까?

- 응, 기적 맞아.

- 그래, 기적이 맞는 것 같아.

마리가 나를 보며 살짝 윙크를 했다. 아, 나는 그 자리에서 곧 녹아버릴 것만 같았다…

내 듬직한 친구 에티엔! 에티엔이 이번 미션을 성공적으로 마친 것이다. 그것도 아주 완벽하게! 하지만 살짝 걱정도 되었다. 혹시라도 에티엔이 진짜 '다스 베이더'처럼 검은 망토와 마스크를 쓰고 나타나면 어떡하지…

제 11 장

 마리와 나만의 비밀은 끝까지 지켜질 것이라고 생각했다. 헬렌 켈러 발표 이후, 마리는 우리 반 애들과 부모님들 앞에서 첼로 연주를 하기로 했다.

 많은 사람들이 마리의 첼로 연주회에 참석했다. 아이쌤과 아이쌤의 아빠는 맨 앞자리에 앉았다. 나는 악보를 넘겨주는 역할을 맡았는데, 마리가 몰래 신호를 주면 그때 한 장씩 넘기면 되는 것이었다. 무대에 서니 얼마나 떨리던지, 마치 내가 사람들 앞에 알몸으로 서 있는 느낌이었다! 악보를 넘길 때마다 옷을 하나씩 벗는 그런 기분? 하지만 나에게는 마리가 있었다. 마리는 활을 움직여 보이지 않는 옷을 만들었고, 나는 마리가 만든 새 옷을 입으면 되었다. 연주가 끝날 즈음에는 내 온몸이 땀으로 젖었다. 학교 선생님들 및 시청 관계자들이 와서 마리에게 축하의 말을 전했다. 나한테도 잘했다고 칭찬해 주었다. 정말 좋은 사람들인 것 같았다. 마리는 사람들을 똑바로 쳐다봤다. 과연 마리는 어떻게 그 사람들과 눈을 맞출 수 있었을까? 어쨌든 연주회는 성공적으로 끝났다. 마리는 악보를 통째로 외우고 있었지만, 사람들은 마리가 악보를 보고 연주하는 줄 알았다.

연주를 마친 마리가 나에게 말했다. 내가 악보 넘기는 데 소질이 있으며, 나중에 커서 마리가 진짜 유명한 첼로 연주가가 되면 그때는 나를 함께 데리고 다니겠다고. 솔직히 마리에게 악보 넘겨주는 사람이 무슨 소용일까 생각했다. 어차피 마리는 악보를 볼 수 없기 때문이다. 하지만 나는 아무 말도 하지 않았다. 괜히 이런 말을 해서 분위기를 망칠 필요는 없었다.

연주회 덕분에 많은 것이 더 쉬워졌다. 사람들은 더 이상 마리와 나를 의심하지 않았다. 우리를 가로막던 마지막 장애물을 넘긴 것만 같았다. 앞으로는 모든 일이 쉬울 것이다. 입학시험까지 남은 시간은 2주. 그때까지만 잘 버티면 되었다. 하지만 점점 그 날짜가 다가올수록 내 걱정은 더 늘어만 갔다. 이제 한 해가 끝나는 것이다. 낮에도 걱정, 밤에도 걱정. 정말 너무나 큰 스트레스였다. 결국 참지 못하고 마리에게 말했다.

- 내가 누구를 이렇게까지 생각해본 건 이번이 처음이야. 이

제 곧 방학이고, 그러면… 그리고 넌 음악 천재들이 모인 학교
로 떠날 거고, 난…

– 넌?

마리가 짓궂은 미소를 지으며 나를 쳐다봤다.

– 모든 게 다시 예전처럼 되겠지. 그런데 문제는 더 이상 예
전처럼 살기 싫다는 거야. 장난치는 것도 재미없고… 여자 화
장실에 배치된 휴지를 숨기는 일 따위, 이제는 다 시시해. 그리
고 솔직히 말하면… 가끔은 네가 시험에서 떨어졌으면 하고 바
랄 때도 있어. 그럼 안 떠나고 여기 계속 있을 거 아냐. 하지만
넌 시험에서 떨어질 일이 없을 거야, 그런 거 너와는 안 어울려.

우리는 아무런 말도 하지 않고 얼마간을 그렇게 걸었다. 날씨
가 좋아 주변의 집들이며 나무가 깨끗하게 보였다. 나는 내 감
정을 어떻게 표현해야 하나 고민했다.

결국 한숨을 쉬며 말했다.

– 내년이 되면… 내 마음은 산산이 부서져서 온통 점자로 변
해버릴 거야…

마리가 내 앞에 서더니 눈을 찡그렸다. 마지막으로, 정말 마
지막으로 앞을 볼 수 있기를 바라는 듯이. 그리고 믿을 수 없는
일이 벌어졌다. 마리가 두 손을 뻗어 천천히, 아주 천천히 나
를 끌어안은 것이다. 그러더니 다리를 조금 굽혀 내 가슴에 자

기 얼굴을 갖다 대었다. 마리가 나보다 키가 크기 때문에 다리를 굽힐 수밖에 없었다. 그렇게 한참을 있더니 마리가 말했다.

  - 그 누구도 나한테 이렇게 멋진 말을 해줄 수는 없을 거야. 네가 계속해서 이렇게 아름다운 말을 해준다면 난 내 음악으로 이 세계를 뒤흔들 수 있을 것 같아.

  - 정말?

나는 곧 바보 같은 질문을 하고야 말았다.

  - 응.

그러고 나서 마리와 나는 깔깔대고 웃었다. 아직 우리는 웃음과 눈물을 혼동하는 나이였기 때문이다. 더 크면… 그때는 가슴이 결정하겠지, 웃어야 할지 울어야 할지를…

★ ★ ★

  계속해서 운이 좋았던 우리는 정말 시험 날까지 아무 문제가 없을 것이라고 믿게 되었다. 우리만의 비밀을 지키는 일은 그리 어렵지 않았고, 난 오히려 이를 즐기게 되었다. 매일 아침 학교에 가기 전, 교회 앞에서 마리를 만나는 순간이 나는 너무나 좋았다. 마리의 머리에 핀을 꽂아주고, 열심히 베낀 숙제를 주고, 그날 어떤 일을 조심해야 할지 얘기를 나누는 그 시간이 너무나 좋았다.

하지만 문제는 뜻하지 않을 때 갑자기 찾아오는 법… 반 고흐를 까맣게 잊고 있었다, 그것이 화근이었다. 하지만 반 고흐는 달랐다. 매일 밤 칼을 갈며 복수의 날만을 기다렸던 것이다. 놈은 마리와 나의 일거수일투족을 세심히 관찰했던 모양이다. 우리의 행동을 보고 뭔가 이상하다고 느꼈겠지. 그래서 아주 주도면밀하게 마리와 나를 떨어뜨려놓을 계획을 세웠던 것이다. 사람이 정말 나쁘게 마음을 먹으면 갑자기 똑똑해지는 것 같다.

어느 날, 학교를 마치고 집으로 오는데 마리가 나에게 카드 하나를 꺼내며 말했다. 그때 알았다, 문제가 심각하다는 것을!

— 참, 생일 초대 카드를 받았어. 뭐라고 쓰였는지 좀 읽어줄래? 어쨌든 가긴 해야 할 것 같은데… 안 가면 좀 이상하게 보일 것 같거든.

나는 마리가 건넨 카드를 봤다. 아무것도 쓰여 있지 않은 백지. 그냥 백지였다.

— 뭐라고 말했는데, 넌?

— 올지 안 올지 빨리 말해달라고 해서… 카드를 읽는 척했어. 그러고는 파티 장소가 어딘지 알 것 같다고 했지, 카드에 쓰인 주소가 익숙하다고. 너도 같이 갈래?

아, 이를 어쩌면 좋단 말인가! 하얀 눈과 같이 깨끗하기만 한 저 카드 때문에 이제 모든 것이 끝나는 건가? 나는 나무에 등을 대고 서서 말했다.

- 너 걱정시키려고 하는 말은 아니지만… 누군가 우리를 함정에 빠뜨린 것 같아. 카드에 아무것도 적혀 있지 않거든… 아무것도…

마리는 아주 침착해 보였다. 그리고 아무 말도 없는 것이 아마 고민을 하고 있는 듯했다.

- 네가 앞을 못 본다는 것을 테스트해본 것 같아. 분명 다 고자질할 텐데. 내일 아침이면 너희 부모님도 사실을 알게 될 거야. 아침이 뭐야, 당장 오늘 저녁에 알지도…

우리는 아무 말 없이 그냥 걷기 시작했다.

- 네 말이 맞는 것 같아. 거의 다 왔는데 마지막에 이런 일이 생기다니. 며칠 안 남았는데…

- 3일, 딱 3일만 버티면 되는데!

나는 손가락 세 개를 펴 보이며 소리쳤다. 물론 별 필요는 없었지만…

- 시험 날 입을 옷도 골랐는데.

- 정말 끝난 걸까?

나는 울먹이며 물었다. 눈물 섞인 내 목소리에 마리가 적잖이 놀란 모양이었다. 마리가 내 어깨를 토닥여주었다. 마치 위로를 받아야 할 사람이 나인 것처럼.

- 그래도 재미는 있었어, 그렇지?

나는 너무 화가 난 나머지 소리를 높이며 말했다. 마리가 귀까지 먼 건 아닌데 말이다.

- 그런 소리 하지 마! 그리고 내 말 잘 들어. 내가 우리 아빠 파나르 차를 걸고 맹세하는데… 그리고 또… 또… 삼총사를 걸고 맹세하는데… 너 꼭 시험 보게 할 거야. 뭘 어떻게 해야 할지, 또 상황이 어떻게 돌아갈지도 잘 모르겠지만, 어쨌든 확신해. 3일 후에 너는 시험장에 가서 연습한 곡을 연주하면 되는 거야. 그럼 사람들이 너한테 무릎을 꿇고 빌겠지, 제발 우리 학교에 와달라며.

마리는 내 말을 못 믿는 눈치였지만 이렇게 말했다.

- 그렇게 말해줘서 정말 고마워.

그러고 나서 우리는 헤어졌다. 마리가 첼로 연습을 해야 한다고 했기 때문이다. 나는 집까지 어떻게 왔는지도 몰랐다. 다리가 후들후들 떨렸다. 아빠 말로는 열이 38도까지 올라갔다고 한다. 나는 아빠에게 모든 걸 다 털어놓고 싶었다. 하지만 그러지 않았다. 마리네 부모님께 말을 하는 게 낫다고 생각하고는 정말 그럴 것 같았기 때문이다. 그것만은 절대 안 된다. 만일 아빠가 모든 걸 다 말해버린다면? 난 결코 아빠를 용서할 수 없을 것이다.

저녁 식사 시간. 아무것도 목으로 넘길 수가 없었다.

★ ★ ★

다음 날, 아주 이른 시간. 나는 아이쌤네 집으로 향했다. 머리가 당장이라도 펑 하고 터질 것만 같았다. 아이쌤이 나지막이 말했다.

– 오늘… 전설의 무법자가 널 찾아올 거야.

나는 별로 놀라지도 않았다. 어떻게 표현할 감정이 나에게는 남아 있지 않았던 것이다. 물을 쭉 짜버린 대걸레 같은 느낌이랄까.

– 그렇겠지. 이젠 끝장이야…

– 뭐가 끝장이야. 결승전일 뿐이야. 핸디캡을 조금 갖고 시작하는 결승.

아이쌤은 잠시 생각하다가 덧붙였다.

– 적 앞에서 도망쳐보지 않은 사람은 용기가 뭔지 몰라.

아이쌤은 알쏭달쏭하고 상징적인 자신만의 언어로 나에게 뭔가 메시지를 주려는 것 같았다.

나는 갑자기 박차고 일어섰다.

아직 학교는 텅 비어 있었다. 그러니 아무도 모르게 다시 밖으로 나갈 수 있을 것이다. 나는 다시 집 쪽으로 갔다. 그리고 저 멀리로 꼿꼿이 서서 로봇처럼 한 걸음 한 걸음을 옮기는 마리가 보였다… 내가 다가가자 마리가 갑자기 고개를 들며 말했다.

- 빅토르? 너야? 너 맞아? 교회 앞에서 기다렸는데… 어떻게 여기서 만나?

늘 그랬듯이 마리는 가방에서 빗과 머리핀을 꺼냈다. 하지만 나는 그걸 받는 대신 말했다.

- 내 말 잘 들어. 문제가 조금 생겼어. 생일 카드 말인데… 함정이 맞았어. 아이쌤이 그러는데 오늘 럭키 루크가 우리를 부를 거래.

마리는 아주 침착해 보였다. 오히려 마음의 짐을 던 사람 같았다.

- 그렇구나… 알았어. 난 그냥 집으로 갈게. 가서 부모님한테 솔직히 다 말할래. 그럼 우리 부모님은 특수 장애인 기관에 전화를 할 거고, 그러면 모든 게 다 해결돼. 이젠 학교에 안 가도 될지 몰라. 그냥… 재수가 없었다고 치자…

목이 메였는지 마리의 목소리가 갈라졌다. 나는 오히려 더 큰 소리로 말했다.

- 일단 머리핀부터 줘. 자, 여기다… 이렇게… 머리핀 꽂으니까 훨씬 예쁘네. 일이 실패로 돌아간다고 해도 몸을 단정히 하는 건 중요해!

나는 잠시 생각한 후 말했다.

- 내가 지금 무슨 소리를 하는 거야? 일이 실패로 돌아가긴 왜 실패로 돌아가? 꼭 성공할 거야. 도망가자. 도망가서 시험 날까지 버티면 돼. 이틀이야, 딱 이틀. 이틀 남겨놓고 포기할 수는 없어. 꼭 너를 위해서만은 아니야. 나를 위해서이기도 해. 예전에 난 말썽꾸러기에 할 줄 아는 것도 없는 한심한 놈이었어. 하지만 네 덕분에 예전보다는 나은 사람이 된 것 같아. 꼭 성적이 올라가서 하는 말이 아니야. 성적이 중요한 건 아니니까… 이렇게 포기한다면 나는 예전보다 더 형편없는 인간이 될지도 몰라. 평생을 우울하게 지낼지 몰라. 그 어떤 희망도 없이 말이야.

마리는 대답 대신 재채기를 했다. 나는 마리에게 화장지를 건넸다. 마리의 코가 빨개졌고 아파 보였다.

- 근데 어디로 도망을 가자는 거야? 생각해둔 곳이라도 있어?

- 응, 괜찮은 곳이 있어. 혹시 너희 부모님 집에 계셔?

- 아니, 출장 가셨어. 늦게야 들어올 거야.

- 그럼 얼른 집에 가서 따뜻한 옷이랑 필요한 것 좀 챙겨. 두

시간 후에 데리러 올게.

  - 첼로는?

  - 첼로가 뭐?

  - 첼로도 가져가?

  - 당연히 가져가야지!

마리가 조금 망설이더니 말했다.

  - 저기…

입을 떼기가 좀처럼 어려운 모양이었다.

  - 왜?

  - 잠옷도 가져가는 거야?

  - 잠옷? 당연히 가져가야지.

제 12 장

녀석이 놀란 듯 나를 쳐다봤다. 혹시 내가 어디에 덫을 놓은 건 아닌가 의심하는 눈치이기도 했다. 하지만 바닥 위에 놓인 모이의 유혹이 너무나 강했던 모양이다. 티티새의 노란 부리가 신선한 아침 햇빛에 반짝하고 빛났다. 녀석은 곧 바닥을 쪼기 시작했다. 그러더니 마당 위를 두 발로 통통 뛰어다녔다. 내 느낌이긴 하지만 마지막으로 나에게 눈길을 주는 것 같았다. 이제 티티새와도 영영 이별이구나 생각했다. 푸득푸득거리는 소리가 나더니 티티새가 하늘 위로 휘리릭 날아갔다. 이별이라도 괜찮다, 건강해져서 날아가는 거니까 괜찮았다.

정말 걱정스러운 건 아빠의 반응이었다. 나는 아빠에게 편지 한 통을 쓰고 나왔다. 정말 열심히 쓴 편지였다. 거기에는 잠시 생각할 시간이 필요하다는, 내 미래와 인생 전반에 대한 사색이 필요하다는 내용이 적혀 있었다. 어디로 가는지는 말할 수 없지만 위험한 곳은 아니라고, 며칠 후에는 꼭 돌아오겠다고 썼다. 새 사람이 되어 꼭 돌아오겠다고. 그리고 통조림 몇 통을 가져갈 터이니 너그러운 마음으로 이해해 달라고도 썼다. 되도록이면 아빠를 안심시키려고 노력했지만 영 마음에 걸리는 건 어쩔 수 없었다.

★ ★ ★

한 손으로는 마리를 부축하고, 또 한 손으로는 덤불을 가르며 앞으로 앞으로 나아갔다. 혹시라도 가시덤불에 마리가 다칠까 걱정이 되었다. 마리는 자기 몸보다 더 큰 첼로를 등에 매고 있었다.

숲속은 어둡고 축축하고 쌀쌀했다. 그래도 오두막집은 예전 그대로였다.

오두막집을 보니 옛 추억에 잠기지 않을 수가 없었다… 문도 있고 침낭을 둘 자리도 있고 나름 부엌 비스름한 것까지 있는 오두막집! 에티엔, 마르셀 그리고 내가 힘을 모아 만든 집이었다. 누구에게도 방해를 받지 않고 록 스피릿을 마음껏 뿜어내려고 만든 그런 오두막집이었다. 하지만 전기 없는 록은 진정한 록이 아니었다…

　이곳에서 마리와 이틀을 견디면 된다. 운이 좋으면 마리네 부모님이 입학시험 후에야 실종 신고를 낼 수도 있다. 기대해볼 만했다! 만일 그렇다면 어떤 장애물도 없이 시험을 보러 가는 것은 식은 죽 먹기였다.

　짐을 풀며 마리가 말했다.

　- 이거, 이것 좀 봐.

　마리는 기수라도 된 것처럼 종이 한 장을 멋지게 들어 올렸다. 거기에는 '금요일 11시'라고 쓰여 있었다. 그걸 보니 갑자기 떨리기 시작했다.

　- 수험표야. 지난주였나? 다행히 우리 엄마가 이걸 냉장고에 붙이지 뭐야. 그나저나 우리… 정말 성공할 수 있을까?

　- 여기 있는 게 발각될 수도 있겠지. 하지만 적어도 후회는 없을 거야. 할 수 있는 건 다 했으니까. 해보는 것, 그게 정말 중요한 거야.

　나는 낡은 반합에 통조림을 넣어 데우기로 했다. 그러는 동안 마리는 벽을 짚어 가며 오두막집을 살폈다. 물건 정리할 곳을 찾는 것 같기도 했다. 나는 가방에서 사전을 꺼내 바닥에 두고, 그 위에 아빠 몰래 가져온 버너를 올렸다. 마리는 아주 우아한 드레스를 꺼내더니 몇 번 탕탕 털고는 옷걸이에 걸었다.

- 뭐, 어디 파티 가냐?

- 시험 날 입을 옷이야, 이 바보야.

마리와 나는 정말 행복했던 것 같다. 우리 주위에서는 아무 소리도 들리지 않았다. 그저 신비로운 숲의 기운과 가끔 바람이 위이잉 하는 소리를 제외하고는 침묵만이 맴돌았다. 마리가 물었다.

- 우리가 결석한 거 학교에서 알았겠지?

나는 시계를 보고는 대답했다.

- 당연히 알겠지. 하지만 크게 문제 삼지는 않을 거야. 럭키 루크도 오늘 저녁이 되어서야 집에 연락할 거고. 그러니까 적어도 내일 아침까지는 걱정 없어.

오후가 되자 마리는 첼로를 꺼내고 활에는 송진을 묻혔다. 아름답고도 우아한 저 동작! 꿀이 뚝뚝 떨어질 것만 같은 마리의 머리 색 덕분에 오두막집이 더욱 환해졌다. 나는 이 장면을 하나도 놓치고 싶지 않았다. 바로 이때가 추억을 준비할 수 있는 시간이라고 느껴졌기 때문이다. 나는 침낭 위에 팔을 괴고 앉았다. 마리가 바흐의 음악을 연주하기 시작했다. 예전에 마리네 집에서 들은 적이 있는 곡이었다.

- 여기, 이 부분 말이야. 어떻게 연주하는 게 더 좋아? 이렇게?

나는 귀를 기울였다.

- 아니면 이렇게 하는 게 좋아?

아… 도대체 뭐가 다르다는 건지 모르겠다…

- 내일모레… 네가 좋아하는 대로 연주를 하고 싶어. 그래서 묻는 거야.

- 난 두 번째가 좋은 것 같아.

- 그래, 나도 두 번째가 좋아.

기분이 좋았다.

저녁이 되자 오두막집에 어둠이 깔렸다. 벽에 흔들흔들 비치는 나무 그림자가 벗이 되어주었다.

우리는 서로를 다독이고 응원하며 숲속의 소리에 귀를 기울였다. 마리가 물었다.

- 사람들이 우리를 찾고 있을까?

- 아직… 더 기다릴 거야. 너무 걱정 마. 이틀만 지나면 끝날 일이니까. 너, 그거 알아?

- 뭐?

나는 잠시 망설이다 말했다.

- 이번 해에 말이야… 네가 나에게 꿈과 희망이 뭔지 가르쳐 줬어. 평생 잊지 않을게.

가슴이 찡하게 아파왔다. 아빠가 얼마나 걱정을 할지 생각하니 마음이 아팠다. 그때 깨달았다, 누군가에게 잘해주려면 누군가에게는 상처를 줄 수밖에 없다는 걸.

문제는 밤이었다. 바람이 심하게 불고 비까지 내렸다. 오두막집 주변의 나무들은 무섭게 흔들렸고, 덕분에 머금고 있던 물이 오두막집 지붕 사이로 샜다. 특히 새벽에는 온도가 급격히 떨어졌다. 마리는 콜록콜록 계속해서 기침을 해댔다.

아침에 일어나니 마치 물이 가득 찬 스폰지 위에서 잔 느낌이었다. 비는 계속 내리고 차가운 안개가 자욱했다. 나는 마리를 안심시키고 싶었다.

- 어쩌면 다행인지도 몰라, 날씨가 이렇게 나쁜 게…

- 그럴까? 근데, 너무 추워.

- 그럼. 날씨가 나쁘니까 우리를 찾는 데 시간이 더 걸리지 않겠어? 여기까지는 오지도 못할 거야.

마리의 두 볼이 빨갛고 눈에서는 빛이 났다. 아픈 게 틀림없었다. 그때 아빠가 늘 하던 게 생각났다. 나도 아빠처럼 마리의 이마에 손을 갖다 대어보았다.

- 뭐 하는 거야?

- 열이 있나 없나 보는 거야…

- 열이 있어?

- 잘 모르겠어… 아빠들만 아는 그런 기준 같은 게 따로 있

나 봐.

통조림 하나를 데우기 위해 성냥 한 통은 다 쓴 것 같다. 너무 축축해서 불이 붙기는커녕 툭툭 끊어져버렸다.

마리는 첼로 연습을 해보려고 했으나 너무 추워 손이 얼었다고 했다. 어차피 첼로 소리도 제대로 나지 않았다. 그러자 마리는 온몸에 첼로를 부비부비하기 시작했다. 배에도 부비부비, 등에도 부비부비, 옆구리에도 부비부비, 그리고 구멍이 뚫린 곳에 후후 바람을 넣기도 했다. 물에 빠진 사람을 구했을 때 하는 것처럼 말이다. 마리도 첼로도 영 말이 아니었다. 첼로도 마리처럼 감기에 걸린 것 같았다. 마리는 다시 잠이 들어 그렇게 오후 내내 침낭 속에서 꼼짝도 않았다. 가끔 마리는 콜록콜록 기침을 해댔고, 밖에서는 장대비가 무섭게 쏟아졌다.

이제 하루가 지났다.

저녁이 되자 마리는 집에서 가져온 시집을 주면서 시 한 편을 읽어달라고 했다. 내가 시를 읽는 동안 마리는 눈살을 찌푸리고 어딘가를 주시하며 앉아 있었다. 그러고는 또 한참이나 기침을 했다. 이제 용기는 온데간데 없고 불안해진 내가 물었다.

- 우리 그냥 집에 갈까?

- 지금 장난해 ? 좀 진지해지자.

나는 그만큼 진지해본 적이 없었다. 정말 진지하게 일을 처리하는 방법은 조용히 집으로 들어가는 게 아닌가 하는 생각이 들었다.

따뜻한 음식을 준비해야겠다 싶었는데, 이게 웬걸, 통조림이 부족했다. 라비올리 통조림 딱 하나만 남은 상황, 게다가 성냥도 딱 하나 남았다. 나는 접시 하나에 내용물을 다 담았다. 차라리 사람들이 우리를 찾으러 와주었으면 하는 생각이 들었다. 무섭고, 배도 고프고, 더 이상 용기도 나지 않았다.

제대로 맛이 간 첼로처럼 목이 잔뜩 쉰 마리가 말했다.

- 이 라비올리 맛있다!

- 우리 아빠가 제일 좋아하는 음식이야.

가슴이 찡했다. 여러 감정들이 우르르 쏟아져 나왔을 뿐만 아니라 배도 고팠기 때문에 가슴이 아렸던 것 같다. 나는 이 모든 걸 내 안에 담아 꼭 묶어두기로 했다.

저녁이 되었지만 상황은 하나도 나아지지 않았다. 마리는 아까 먹은 것을 그대로 다 토해냈다. 그렇게 다 게워낸 후 지쳐 떨어지는 마리. 나는 마리를 흔들어 깨우며 말했다.

- 안되겠다. 집에 가야겠어! 마리야, 너 얼굴이 완전 하얘. 빨리 병원에 가야 해. 이렇게 비가 줄줄 새는 곳에 있다간 큰일 나겠다고.

- 맞아, 몸이 안 좋아. 하지만 곧 괜찮아질 거야. 감기, 뭐 그

런 거에 걸린 것일 뿐인데 뭐. 아니면 너무 떨려서 이러는 것일 수도 있어. 손 잡아줘. 그러면 나을 것 같아.

내 손 안에서 작은 심장 하나가 '알레그레토'로 뛰는 느낌이었다. 마치 병에 든 티티새를 만지는 느낌이었다.

– 너 지금 불덩이야! 게다가 사시나무처럼 벌벌 떨고 있잖아. 그럼 내가 가서 뭐 먹을 거랑 약이라도 좀 구해 올게.

마리는 고개를 끄덕였다. 그리고 힘겹게 말했다.

– 얼른 와야 해. 얼른, 알았지?

★ ★ ★

숲 밖으로 나온 나는 생각했다. 가서 모든 걸 다 말하는 게 현명한 선택 아닐까? 아빠가 있으면 아빠한테 얘기하고, 안 그러면 마리네 부모님한테라도… 아니면 아이쌤에게 도움을 청할까도 생각했다. 마리의 상황이 심각하다는 걸 느꼈다. 더 이상 버틸 힘이 없는 게 확실했다. 나는 잠시 버스 정류장에 앉아 있기로 했다. 그러다 결국 울음을 터뜨리고 말았다. 내 손에 마리의 인생과 운명이 달렸던 것이다.

나는 이동식 놀이공원이 열리는 광장까지 갔다. 마리와 함께 먹었던 '사랑의 사과'가 떠올랐다. 배가 고팠고 다리는 후들후들 떨렸다. 그리고 무서웠다.

그때 경찰차가 보였다. 시청 앞에 주차된 경찰차. 차 지붕 위에는 사이렌 조명이 빙글빙글 돌고 있었다. 생각 없이 집으로 갔다간 경찰 아저씨들한테 잡힐지도 모른다…

결국 나는 왔던 길을 되돌아가기로 했다. 심장이 어찌나 떨리던지 가슴을 뚫고 툭 튀어나올 것만 같았다. 나는 있는 힘껏 숲을 향해 달렸다. 나무가 무성한 곳으로 들어오고 나서야 좀 살 것 같았다.

마리는 비가 새는 오두막집 안에서 잠들어 있었다. 마리의 머리카락이 온통 땀에 젖어 있었다. 침낭 속에 웅크리고 있는 마리가 너무나도 작아 보였다. 마리는 꿈을 꾸는지 끙끙 앓았다. 나는 마리 옆에 누워 열로 뜨거워진 여린 손을 잡았다. 그러자 마리가 잠에서 깨었다.

- 왜 울어?

- 아니야… 울긴 누가 운다고…

- 나 너랑 같이 범퍼카 타던 때로 돌아가고 싶어…

- 응, 사랑의 사과도 먹자.

마리가 나를 꼭 안아주었다. 마리의 온몸이 불덩이였다. 이제 모든 것이 끝났구나 하는 생각이 들었다. 그렇게 나는 잠이 들어버렸다…

제 13 장

- 애들 꼴이 말이 아닌데!

누워 있던 나를 들어 올리며 아빠가 말했다.

그 소리에 나는 꿈에서 깨었다. 아침이 벌써 밝았는지 오두막집 안으로 빛이 새어 들었다. 아이쌤과 럭키 루크는 마리를 돌보았다. 아이쌤이 마리를 부축하고 럭키 루크가 마리에게 물을 먹였다.

- 아빠… 어떻게 알고…

- 마리네 부모님이 교장 선생님이랑 학생주임 선생님이랑 같이 집에 왔었어.

- 여긴 어떻게 알았는데?

- 아빠가 아이쌤한테 물어봤지. 날씨까지 나빠서 얼마나 걱정했는 줄 아니? 결국 쌍둥이들한테 가서 물었어. 혹시 너희들

이 어디로 떠났는지 아냐고. 그랬더니 에티엔이 이 오두막집 얘기를 한 거야…

- 마리네 부모님은…

- 응, 다 아셨어.

아빠가 고개를 돌렸다. 나도 아빠를 따라 고개를 돌리자…

마리네 부모님과 에티엔이 문 앞에 서 있는 것이 아닌가. 마리가 나를 쳐다봤고 우리는 서로 눈길을 주고받았다. 마치 마리가 앞을 볼 수 있는 듯이.

갑자기 마리네 아빠가 큰 소리로 말했다.

- 바보 같은 짓은 이만하면 됐다! 빨리 병원 먼저 가야겠어. 어쩌다 이런 데서…

마리의 아빠가 오두막집을 만지며 말했다.

그때 마리가 울음을 터뜨렸다. 나는 그때 어디서 그런 힘이 솟았는지 갑자기 벌떡 일어나 소리를 질렀다.

- 안 돼요, 병원은! 아빠, 아빠가 좀 말려봐. 마리는 시험을 봐야 한단 말이야…

그러자 아빠가 물었다.

- 시험? 빅토르, 지금 무슨 얘기를 하고 있는 거니?

- 음악 학교 입학시험. 첼로 시험이야. 봐, 저기 첼로도 있잖아. 그리고 여기 수험표!

내 말을 들은 마리의 아빠가 마치 비웃는 듯 혀를 차더니 소리를 질렀다.

- 이게 도대체 무슨 난리야!

그러더니 나를 향해 분노의 손가락질을 하며 목소리를 높였다.

- 너… 너… 더 이상 마리 일에 간섭하지 마! 마리, 지금 네가 무슨 짓을 했는지 아니? 얘를 따라서 어디까지 온 거야? 지금은 그래도 나중에는 아빠한테 고맙다고 할 거다. 그리고 내일 바로 떠나자, 시각 장애인들을 위한 특수 시설로 가야 해. 거기에 가면 편히 치료를 받을 수 있을 거야.

잔뜩 겁을 먹은 마리는 이불 위에서 꼼짝도 하지 않았다. 그리고 일어난 기적… 사람은 인생을 살면서 적어도 한 번은… 약 15분 정도의 기적을 체험하지 않는가 하는 생각이 들었다. 나에게 있어서의 기적 같은 15분은 바로 그때 일어났다.

아이쌤이 아주 천천히 마리네 부모님 쪽으로 걸어갔다. 그러더니 아주 편안한 표정으로 마리네 부모님 앞에 섰다. 그리고 부모님 쪽을 향해 그 큰 얼굴을 들이대더니 잠깐 밖으로 나가자 하는 게 아닌가. 잠깐 할 말이 있다고 했다.

그렇게 셋이 자리를 뜨자 나는 아빠에게 말했다.

- 아빠, 제발 마리가 시험을 봐야 하는 학교에 데려가줘. 그

럼 한 달에 한 번씩 십 년 동안 내가 세차를 할게. 만일 안 데려다준다면… 난 평생 면도를 하지 않고 살 거야. 수염이 이만큼 자라도 상관없어. 지금이야 괜찮지만 나중에는…

- 마리 부모님이 허락을 하셔야지.

- 그건 걱정하지 않아도 돼. 아이쌈이 나서면 안 될 일이 없어. 문제는 마리야… 시험을 보기 전에 몸이 기력을 좀 되찾아야 하는데…

내 말에 동의하는지 럭키 루크가 말했다.

- 하긴 이 상태로 시험을 볼 수는 없을 것 같구나…

마리는 혈색을 다시 찾았다. 하지만 여전히 기침이 심하고 열 때문에 온몸을 부들부들 떨었다. 전설의 무법자 럭키 루크는 무슨 비밀 회담이라도 하려는 듯 나와 아빠 쪽으로 몸을 숙이며 손가락을 입에 갖다 댔다. 정말 뭔가 비밀을 얘기하려는가 보다.

- 이게 참… 아주 민감한 사안이긴 한데… 제가 내일 자전거 경주에 참가합니다. 이 경기에 참가하는 선수들은 말이죠… 그러니까… 그게 어떻게 된 거냐 하면 말입니다… 일반적으로다가… 일종의 비타민… 뭐 이런 걸 먹습니다. 경기가 힘드니까요. 이게 몸에 안 좋은 그런 건 아니고…

럭키 루크는 당황하는 기색이 역력했다. 마치 잘못을 한 학생이 변명을 하는 것처럼 말이다. 럭키 루크가 계속해서 말했다.

- 뭐, 어쨌든… 저도… 그 비타민이 조금 있긴 한데… 내일 경기를 위해서 먹으려고 뒀던 겁니다. 이걸 마리한테 조금 먹이면 적어도 시험을 볼 수 있지 않을까 하는 그런 생각이 잠시 들기도 합니다만서도…

- 저도 좀 먹어도 돼요?

에티엔이 물었다.

- 아니, 넌 뭐하려고 이걸 먹겠다는 거냐. 이건 아주 응급 상황일 때만 먹는 거야.

결국 마리는 전설의 무법자 럭키 루크가 건넨 비타민을 먹었다. 그러자마자 마리의 부모님이 다시 나타났다. 갑자기 시간이 멈춘 느낌이었다. 우리는 침묵 속에서 서로를 쳐다보기만 했다.

- 마리, 얼른 일어나서 준비해. 얼른.

겁에 질린 마리는 꼼짝도 할 수 없었다. 우리 모두는 숨을 죽이고 있었다. 마리 아빠가 다시 말했다.

- 마리, 계속 그러고 있을 거니? 심사 위원들이 계속 기다려 줄 거라고 생각해? 오늘이 너에게 있어서 얼마나 중요한 날이니, 얼른 서두르자.

마리의 아빠는 애써 눈물을 참는지 얼굴이 일그러졌다. 그 뒤에 있던 마리의 엄마는 눈물을 훔치고 있었다.

  - 아까보다는 많이 나아진 것 같네. 이게 기적이 아니고 뭐
겠니!

그러자 럭키 루크가 거들었다.

  - 네, 네. 마리가 시험은 볼 수 있을 겁니다.

나는 마리의 수험표에서 시간을 확인했다.

  - 지금 몇 시예요?

내 질문에 아빠가 대답했다.

  - 10시 30분 다 되어가는데?

그러자 모두가 입을 모아 소리쳤다.

  - 늦었다!

아빠가 마리의 첼로를 집어 들었다. 그리고 마리는 내 손을
찾아 잡았다.

  우리는 한 줄로 숲을 헤치고 나왔다. 전설의 무법자 럭키 루
크가 팔을 뻗어 마리의 드레스를 잡고 있었는데, 혹시라도 구
겨질까 얼마나 조심했는지 모른다.

  마리는 낡은 파나르 안에서 옷을 갈아입었다. 하늘하늘한 하
얀색 드레스를 입은 마리는 숲속의 요정과도 같았다.

  럭키 루크는 자전거에 오르며 소리쳤다.

  - 저는 뒤에서 따라가겠습니다. 걱정 말고 달리십시오. 제 실

력이 보통 실력이 아니지 않겠습니까!

아빠는 운전을 하다 말고 백미러로 나를 봤다. 아빠의 눈빛이 예사롭지 않았다.

– 왜? 왜 그렇게 쳐다봐?

– 너 면도 안 한 지 일주일도 더 됐어. 그러니까 뭔가 깔끔하지 않고 흐리멍덩해 보이잖아.

아이쌤은 자기가 일으킨 기적 따위에는 관심도 없다는 듯 평온해 보였다.

– 도대체 네가 뭐라고 했길래 마리네 부모님이 생각을 바꾼 거야? 어떻게 성공했어?

내 질문에 아이쌤은 귀찮다는 듯 한숨을 내리쉴 뿐이었다. 나는 알았다, 이 녀석, 나에게 아무 얘기도 안 하겠구나…

– 어쨌든 넌 정말 대단한 것 같아, 아이쌤. 존경해, 리스펙트!

뒤를 보니 전설의 무법자 럭키 루크가 미친 듯이 페달을 밟고 있었다.

★ ★ ★

시험장에 도착했을 때, 오전반 시험은 이미 끝난 상태였다. 다행히 마리는 오후반 수험생이었다.

마리는 혼자 대기실로 들어갔다. 시험 전에 손도 풀고 조용히 집중할 시간이 필요했기 때문이다.

– 빅토르! 5분 후에 나 찾으러 오는 거 잊지 마. 너도 같이 무대에 올라가서 악보 넘겨줘야지!

마리의 말을 들은 아빠가 나를 나무라며 말했다.

– 거봐. 면도를 했어야 했는데! 그렇게 아빠 말을 안 듣더라니…

오전반 시험을 보러 왔던 사람들이 나가고 이제 우리가 공연장 안으로 들어갈 차례였다.

드디어 마리 차례! 누군가 마리와 나의 이름을 불렀다. 나는 다리가 덜덜 떨리고 입도 바짝바짝 마를 줄 알았다. 그런데 이게 웬일? 극도의 차분함이 내 몸을 감싸는 것이 아닌가!

방청석에 앉아 있는 아빠, 아이쌈, 전설의 무법자 럭키 루크, 에티엔 그리고 마리네 부모님이 보였다. 심사 위원단은 무대 오른쪽에 앉아 있었다.

공연장에 조금씩 조금씩 적막이 깔리기 시작했다. 그 끝에 찾아온 정적의 순간. 마리가 첼로 현 위로 활을 가져갔다. 나는 숨을 참고 방청석 쪽으로 눈길을 돌려 아빠와 아이쌈을 봤다.

그 짧은 정적의 순간, 지금까지 있었던 모든 일이 하나씩 떠올랐다. 혼자 길을 걷던 마리의 모습, 유령의 집에서 본 마리의 모습, 함께 나눠 먹은 사랑의 사과, 바닥에 주저앉아 울먹이던 마리의 모습… 마리의 눈, 그리고 마리의 발걸음…

그렇게 연주가 시작되었다. 아름다운 선율이 우리 머리 위로 살짝 날아오르더니 공연장을 가득 채우기 시작했다. 나는 사람들에게 진지하게 보이기 위해 가끔 생각날 때마다 악보를 넘겼다.

그러다 찾아온 극도의 긴장감. 작은 실수도 용납되지 않는다는 걸 알았기에 나는 너무나 떨렸다. 나는 마리의 옆모습을 슬쩍 봤다. 연주에 집중한 마리의 얼굴에서 빛이 났고 머리카락이 사방으로 날렸다.

마리는 마지막에 가서 아주 힘차게 활을 세 번 움직였다. 그리고 다시 정적. 미로의 끝에 보이는 햇빛. 마리는 아주 천천히 현에서 활을 떼었다. 그러자 우리의 어린 시절이 이 음악의 메아리와 함께 영영 사라져버렸다는 생각이 들었다. 그리고 그때 우레와 같은 박수가 쏟아졌다.

우리는 모두 대기실에 모여 결과를 기다렸다. 마리는 거의 기절 상태였다. 럭키 루크의 비타민도 더 이상 효과가 없는 듯했다. 마리가 나에게 말했다.

– 아까 정말 잘했어.

마리가 나를 놀리는 걸 보니 아직도 힘이 조금은 남아 있는 모양이다…

  - 진짜야, 농담 아니고. 그런데 아까는 어떻게 한 거야?

  - 뭘?

  - 열다섯 장이나 되는 악보를 적시에 딱 딱 넘기는데 얼마나 놀랐는 줄 알아? 정말 잘했어.

  결국 마리는 심사 위원 만장일치에 축하까지 받으며 시험에 합격했다. 나는 아빠 차에 오르며 생각했다. 마리 말이 맞았다고 말이다. 정작 우리는 우리가 얼마나 괜찮은 사람인지 깨닫지 못한다는 그 말.

  아빠가 낡은 파나르에 시동을 걸며 말했다.

  - 이제 면도해야지?

옮긴이 **강미란**

프랑스 문학 및 프랑스어 교육공학 석사를 마치고 현재 교육공학 박사 과정에 있다. 프랑스 보르도에 위치한 프랑수아 마장디 고등학교에서 한국어를 가르치고 있으며 마크 레비, 마르탱 파주, 프랑수아 를로르 등의 작품들을 다수 번역했다. 유튜브에 프랑스에서 일하는 교사로서, 번역가로서 그리고 한국어 연구자로서의 삶을 담고 있는 〈강미란 채널〉을 운영하고 있다.

내 눈이 되어줘

1판 1쇄 인쇄 2019년 1월 3일
1판 1쇄 발행 2019년 1월 10일

지은이 | 파스칼 뤼테르
옮긴이 | 강미란
펴낸이 | 한소원
펴낸곳 | 우리나비

등록 | 2013년 10월 25일(제387-2013-000056호)
주소 | 경기도 부천시 원미구 원미로 18번길 11
전화 | 070-8879-7093 **팩스** | 02-6455-0384
이메일 | michel61@naver.com

ISBN 979-11-86843-34-5 43860
★ 책값은 뒤표지에 있습니다.

이 도서의 국립중앙도서관 출판예정도서목록(CIP)은 서지정보유통지원시스템
홈페이지(http://seoji.nl.go.kr)와 국가자료종합목록시스템(http://www.nl.go.kr/kolisnet)에서
이용하실 수 있습니다. (CIP제어번호: CIP2018040848)